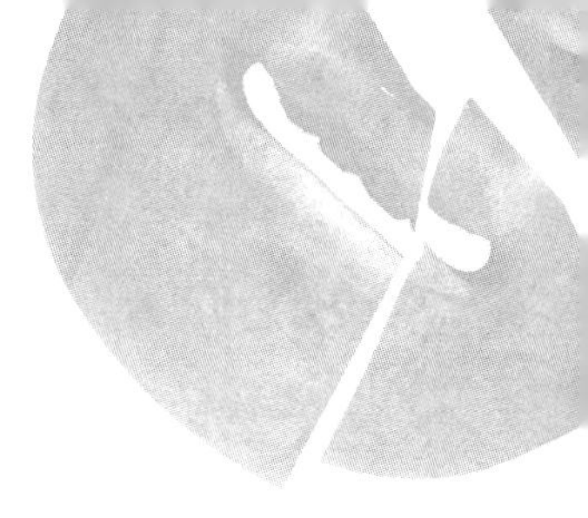

王城如海

徐则臣 著

XU ZE CHEN

人民文学出版社

尽管没耽误余松坡的早饭，罗冬雨知道自己还是起迟了。晚了半小时。按她的习惯，若无特殊情况，余松坡每天早晨看见她的第一眼，应该是一个洗漱完毕、清清爽爽的罗冬雨，而不是今天早上这样，蓬头垢面、睡袍一般松松就会露出光腿。的确遇到了意外，半夜余松坡发病了。过了子夜她才自由地进入了眼浅的状态，薄薄地浮在睡眠的表层，空气净化器微弱的工作声都听得分明。余松坡卧室门哈噔一声打开时，她及时地醒来，隔着她和余果的房门以及空旷的客厅，她判断余松坡棉拖鞋与大理石地板摩擦的方向。当她发现他不是朝向卫生间也不是朝向厨房，而是在客厅里转了一圈时，果断地穿上睡袍打开门。借着窗外北京夜空含混的霓虹灯光和客厅里另一台空气净化器上蓝色和橘黄色的指示灯光，她看见余松坡睡衣裤整齐地贴着客厅墙角在走，眼神安详但表情紧张，五官之间相互较劲儿，以她的经验，余松坡会越走越快，摆臂幅度渐大，直到失控，最终会喊出声来，对家具大打出手。这个过程只需要五分钟到八分钟。来得及。她尽轻轻地走向客厅东南角的留声机时，觉得自己后半夜的眼浅就是为这一刻准备的。她预感到了这个四十八岁的男人今夜要出问题？她打开留声机，调到可能适宜的那个声高，当唱针落到黑漆胶片上时，《二泉映月》的二胡声像忧伤的月光铺落满了客厅。

余松坡的走没慢下来，手臂的摆动也跟着缓慢而抒情。他闭上眼又睁开，五官逐一放弃了戒备，回到它们原来的位置。一张帅气的中年男人的脸。罗冬雨站在留声机旁边不出声，看着 平和看见书房……
之高，让……

99

第二……

间刷新。和……

有什么建设……

霍大……

这风和雾……

跟老师……

再请假……

演砸了……

之臭，对不……

依赖你……

请你。”

演的事。

再见面要……

方法就……

38

各司其职，摆这个它咬哇乱叫，摆那个它蹦蹦跳跳，摆第三个它开始变换各种表情。有控制声音的，有控制头部的，有控制上身的，有控制两条腿的。在当下的与现实相关的舞台剧中，高科技的使用集中在舞台设置、声光电方面，把一个电动的角色弄上场，的确不是特别多。小猴子汤姆的角色设置，在现有的报道和剧评中，也是该剧亮点之一。也因此，力挺此剧的评论者认为，该剧导演余松坡视野之开阔、思想之开放与活跃，是多数本土导演不具备的。这些评论者却忘了一个常识，余松坡在此之前一直是个先锋派戏剧导演，让一只猴子上场，算不得多大的创意。真正的创意在于，如何把错置魔幻的这部分与无边的现实主义融合在一起，让二者相得益彰。当然，这是另一个问题，还说小猴子汤姆。

话说郭教授带着小猴子汤姆来到小月河，按照初恋情人的指示，穿过一片贴满各种租赁广告、办假证广告和稀奇古怪的留言纸条的旧楼之间的楼房和老平房，来到河边的一家咖啡馆里。满满的人，以年轻男女为主，郭教授一眼看到东南角昏暗的角落里坐着的初恋情人，双手捧着一杯红茶在转，看着窗外河边的柳树。还是老样子，年过五十，一点都不显老，他为自己多年痴心不改暗暗有了些小得意。美人总不迟暮。他把小猴子塞进口袋，扣上扣子，以免它待够了突然冒出来吓着心上人。

郭教授走过去，打招呼，坐定，舞台的灯光落到他们身上。郭教授心中一凛，刚才昏暗欺骗了他。现在光线暴露了对方的憔悴和苍老，岁月像中编一样潜伏在初恋情人的皮肤之下，成为若隐若现的皱纹，彭彦

35

免得摇醒和刺激他。而余松坡夜游的频率不谨慎。天亮以后得给祁好打个电话。

……送过余果从幼儿园回来，余松坡刚起床，……在卫……问了余果咳嗽如何，去幼儿园的路上乖不乖，袁老师……一作答。

……果的确很好，昨天夜里就没咳。早起和上学路……咳嗽了几声，听着也不吓人。……冷温……一袋中药送过去。袁老师的佳一建议是，不……冷清了，两个集体节目余果都站在第一排，缺了不好……家长都是好心，肯定也希望孩子表现出色吧？”袁老师……是阿姨。你看我老是给弄混掉。但余果可是真……会时每个小朋友都要请一个家长来，他请谁，他说……师的话罗冬雨没告诉余松坡，只说不能请假……很乖，”罗冬雨对余松坡说，“昨天林警官让果……，今早上在幼儿园门口……遇到了，果果都在学……林阿姨早上好，林阿姨辛苦了。……林

如此有力量的

一头一脸的汗。祁好支起身子，在窗外异国的月光底下看着余松坡，突然心疼得肠胃都跟着难受。得多大的刺激才能让一个大男人心生恐惧，过一阵就被想象的世界逼得四处逃亡？她一把抱起余松坡的脑袋，说：这是我的男人！她听见自己在心里念出了这六个字，声音大得都有点咬牙切齿了。余松坡醒了。

没来由地

“我做噩梦了吗？”他问，“没吓着你吧？”

107

祁好抱着他，像多年以后抱着儿子余果。让他待在她怀里，“你知道我在想什么？”她摇晃着余松坡，“我在想：这是我的男人。”摸着他的脸

真

这六个字成了此后缓解余松坡屡试不爽的春药，他的身体会立刻做出反应，那骨肉纠缠一般的欲望。那个月圆之夜，他翻身把祁好完整地覆盖到了身下。“以后再发现我做噩梦，”他断断续续地说，“你把《二泉映月》打开，看管不管用。”

“好。”祁好也断断续续地回答，“好。好。好。好。”

他们的身体分开以后，风清月白。余松坡说，没有比《二泉映月》更好的镇静剂。高中毕业以后，每临大事，或者内心烦乱、焦虑和恐惧，他都会听一听《二泉映月》。它能让他迅速静下来。二胡声如水，把焦躁和不安如数冲洗掉。这让祁好想到尿毒症患者的透析，全身的血液洗上一遍，安全了。

如不绝的流

“为什么是二胡？为什么是《二泉映月》？”

首席

“我爸会拉二胡，拉得最好的是《二泉映月》，闲下来每天都会来两遍。”余松坡说，“‘文革’时我爸是乡里的文艺宣传队的乐手，走街串巷地拉二胡。‘文革’结束了，宣传队也解散了，他回家拉，常年累月。这曲子我听到了骨头里。”

雾霾锁城，这脚下的路也真是奢侈啊。

从房间里出来，罗冬雨已换上了家居服。她在穿衣镜前给余松坡贴创可贴。先用酒精棉球消毒，余松坡痛得嘶嘶吸冷气，但他忍着。他仰着脖子，目光向下只能看见罗冬雨头发缝中干净白皙的头皮。沙宣洗发水的味道。不管他和祁好用什么牌子的洗发水，罗冬雨坚持用自己的发室，她自己买。散发着好闻味道的黑发中间的那道笔直的发缝，让余松坡发现了别样的性感。他突然想抱一抱这个在他们家做了四年保姆的女孩子。跟年龄无关，是脆弱的女人总能让男人感觉她是个孩子。他觉得自己有点不像话了。婚姻和戏剧对他的刺激似乎已经不是感不感兴趣的问题了。

“谢谢了，小罗。”他说。

“等一下。”罗冬雨说。她是让他别说话，喉结的上下蠕动影响她操作。

然后余果在咳嗽。她把创可贴的两端按了一下，去冰箱里取出昨天调制的萝卜蜂蜜水。“冯大夫说，别没事就给孩子吃药。”两周前她和祁好带余果去看传说中的中医冯大夫。余果的咳嗽断断续续一个半月，北京的儿童医院都跑遍了，能吃的药也都吃遍了，还是咳。祁好的朋友的朋友介绍了冯大夫。冯大夫很神。他的神不在只有二十二岁就成为了传说，也不在他七岁成了盲人，也不在他极少开常规的药方，只以食疗和推拿手法治病；他的神在，听完罗冬雨详尽地罗列了余果一个半月来的病情与反复，以及余果的日常生活细节之后，慢悠悠地转向只能偶尔插上几句话的祁好，慢悠悠地说：“你这当妈的得上点心啊。”

……加州奥珀的后节时，停下来喝了血。他坚持回纽约不……他已经停止了呼吸。

病房里给他过了七十八岁生日，离开病房时，他已经停止了呼吸。

……报纸看时，[illegible]说，你是文化人，有话可以写出来。我问他，还有……

……报的军情吗？他说，哦，我那点老黄历，说出来你们不[illegible]。昨夜

倒是做了个好梦，我第一个女朋友变漂亮了，那真是美如天仙，不骗你们。

她招手让我再去找她。

她在哪儿呢？

五年前死了。

病房[illegible]安静下来。后半夜，我们都在睡觉，老爷子悄没声息地……

……脸……着笑容……找到了。

去找她了。我把那张《纽约时报》折好，夹进了书里。

这封信在流浪[illegible]，在[illegible]地坐在书桌前写，用英语。但没寄去。我太太不同……

我出院，她相信信能创造了一个又一个奇迹，也就有可能在我身上也……

[illegible]是一回事。她不听任何绝望的话，也[illegible]。太太在身边背后不……

绝望的事。我只好待在医院，只读插针的地写。[illegible]，我把书[illegible]……

太太不在[illegible]，医生和护士更不允许我劳累，……他们一出现……

书看得久一点，他们也会说，不要命了吗？我该回他们，想要[illegible]吗？他们为我好。

词，我[illegible]看书刻意装作眉批，……词里。[illegible]般……

信纸塞进[illegible]，没什么比放着与它更般配，……

[illegible]我用母语书写，以便把事情说得更清楚。[illegible]

我把剩下的生命不是以我把写完[illegible]译成英文……

完[illegible]人翻译了。当然，你也可以当成天书……

中文……这世上不缺一份遗言，也不缺一个故事。它只对……

……许仪式，对我有意义。对一个尚且苟……

……[illegible]

惟有王城最堪隐，

万人如海一身藏。

——苏轼

1.

剃须刀走到喉结处，第二块玻璃的破碎声响起

合租客甲　从前有个人，来到一片茂密的森林，想栽出一棵参天大树。

合租客乙　结果呢？

合租客甲　死了。

合租客丙　该。

合租客甲　他又栽，死了。他还栽，继续死。他继续栽，还死。再栽，再死。

合租客乙　上帝就没感动一下？

合租客丙　你看，想到上帝了。为什么一定得想到上帝呢？

合租客甲　上帝没感动，上帝看烦了。他说你为什么不试试种点草呢？

合租客乙　跑森林里种草？脑袋被上帝踢了？

合租客丙　他种了没？

合租客甲　他弯下腰，贴着地面种出了草原。

——《城市启示录》

剃须刀走到喉结处，第二块玻璃的破碎声响起，余松坡手一抖，刀片尖进了皮肉。先是脖颈处薄薄地一凛，然后才感到线一样细长的疼痛。十二月的冷风穿过洞开的推拉窗吹进来。他咳嗽一声，肥壮的血红虫子从脖子里钻出来，缓慢地爬过镜子。余松坡抽纸巾捂住了伤口，抹掉剃须泡沫，脑袋伸出空窗框往外看。一个人在花园旁边一蹦一跳地跑，等他看清对方的装束，那个男人已经消失在雾霾里。

能见度一百米。天气预报这么说的，中度转重度污染。余松坡觉得气象部门的措词太矜持，但凡有点科学精神，打眼就知道“重度”肯定是不够用的。能见度能超过五十？他才跳几下我就看不见了。他对着窗外嗅了嗅，打一串喷嚏，除了清新的氧气味儿找不出，各种稀奇古怪的味道都有。一刻钟前他醒来，躺在床上打开手机，助理短信问：PM2.5 爆表，预约的访谈照常？他回：当然。只能照常。霾了不是一天两天，一爆表就不干活儿，现在就可以考虑在家里养老了。

他拉上百叶窗。雾大霾重天冷，挡住一点儿算一点儿，然后去厨房看另一扇窗。

那人先砸碎的是厨房那扇窗。卫生间的门和厨房都关着，听着声音闷闷的遥远，余松坡没当回事，他早把砸玻璃从现代生活中剔除出去了。什么年代了，谁还玩这种粗陋幼稚的把戏。他扬起下巴，让吉列剃须刀继续往下走。然后卫生间的玻璃碎了，他的手一抖。

罗冬雨穿着睡袍走进厨房，余松坡正在比画窗户上剩下的玻璃和碎掉的那部分之间的大小。可以看作是奇迹，这扇窗玻璃只碎掉下面的一部分，上头还齐崭崭地留在那里，茬口切割一般的整齐。罗冬雨打了个哆嗦，把睡袍的下摆裹紧了，遮住露出来的一线光腿。她醒来是因为余果咳嗽。这孩子对雾霾和冷空气都过敏，一有风吹草动就咳。咳嗽第一声罗冬雨就醒了，下意识地看窗户和空气净化器。窗户紧闭，空气净化器还在工作。但余果还是空荡荡地咳，听不见痰音，只能是受了刺激。她听见厨房的门响，穿上睡袍就起来了。果然是冷风和雾霾。

“待会儿就收拾。”她说的是地上的碎玻璃。

“保留现场，”余松坡说话的时候能感到喉结在手底下艰难地蠕动，“出现了恐怖分子。”他想把这个清早弄得轻松一点儿。他很清楚，这幽默不是为了宽慰罗冬雨，而是缓解自己的焦虑。惹事了，但他搞不清惹下的事对正在演的戏和自己的艺术生涯有多大影响。他确信自己是个优秀的戏剧导演，他也确信自己不是一个优秀的戏剧演员，他的表情已经跟刚才的幽默貌合神离，所以他如实地补了一句，“有人砸了咱们的窗户，我马上报警。”他把纸巾从伤口上拿下来，血还在往外渗。

“我去拿创可贴。”

罗冬雨转身去找药箱。睡袍摆动，余松坡看见她光滑圆润的脚后跟。他把厨房的百叶窗也拉下，雾霾锁城，两个好看的脚后跟是多么奢侈。

从房间里出来，罗冬雨已经换上了家居服。她在穿衣镜前给余松坡贴创可贴。先用酒精棉球消毒，余松坡痛得暗暗抽冷气。他仰着脖子，目光向下只能看见罗冬雨头发缝中白净的头皮。沙宣洗发水的味道。不管他和祁好用什么牌子的洗发水，罗冬雨都坚持用沙宣，她自己买。散发着好闻味道的黑发中间那道笔直的头缝，让余松坡发现了别样的性感。他突然想抱一抱这个在他们家做了四年保姆的女孩子，或者被她抱一抱。跟欲望无关，是脆弱。好女人总能让男人感觉自己是个孩子。他有点觉得自己不容易了，媒体和舆论对他的新戏似乎已经不是感不感冒的问题了。

“该嫁了，小罗。”他说。

“等一下。”罗冬雨说。她是让他别说话，喉结上下蹿动影响她操作。

余果在咳嗽。她把创可贴的两端按了一下，去冰箱里取出昨天调制的萝卜蜂蜜水。霍大夫说，别没事就给孩子吃药。两周前她和祁好带余果去看传说中的中医霍大夫。余果咳嗽一个半月，北京能跑的医院都跑遍了，能吃的药也都吃遍了，还是咳。祁好朋友的朋友介绍了霍大夫。霍大夫很神，他的神不在只有三十二岁就成了传说，也不在他七岁成了盲人，也不在他极少开常规的药方，只以食疗和推拿手法祛病；他的神在于听完罗冬雨详尽地罗列了余果一个半月来的病情与反复，以及余果的日常细节之后，慢悠悠地转向只能偶尔插上几句话的祁好，更加慢悠悠地说："你这当妈的得上点心啊。"

他一个年纪轻轻的瞎子怎么就断定我不称职？回家的车上祁好一路都在流眼泪。他们在霍大夫跟前没有透露出半点私密的信息，三个人自始至终都没给对方任何称谓。霍大夫把过脉，说当如此如此。开出的唯一方子是，咳嗽时喝萝卜蜂蜜水。管用，这几天余果几乎不咳了。但从昨天下午开始，雾霾卷土重来。玻璃一碎，余果在睡梦中也有了反应。

照祁好出门前拟定的食谱，罗冬雨做好早餐。跟一个多月来的每一天一样，余松坡在早饭桌上都要解决很多问题，家里的，剧组的，媒体的，好像是余果咳嗽以后他才开始忙的。今天他没法送孩子去幼儿园了。当然他也没送过几回。余果现在上中班，一年半里送接都算上，他进幼儿园也不超过十次。祁好稍微要多一些，逢年过节给老师送礼物这事也让保姆来办，有点不合适。在饭桌上余松坡拨打 110 报了案，砸了厨房又砸卫生间，肯定有预谋，姑息只能养奸。

作为在美国待了二十年的“海归”，这点法律意识还是有的。有话法庭上说，谁都别在背后耍小动作；砸玻璃，简直可笑到下流，不能忍。不过他一会儿就出门，录口供只能罗冬雨代劳了。还有，警察来过之后，赶紧给物业打电话报修，冷风受得了，雾霾受不了。看过那个新闻吗？科学家做了实验，小白鼠吸了一礼拜的霾，红润润的小肺都变黑了。黑了就黑了，回不去了。不可逆。罗冬雨记下了。饭后，余松坡在玄关前换鞋时问：

“你祁姐啥时候回来？”

罗冬雨摇摇头，机票不是她订的。

这几天余松坡的胃口欠佳，最爱吃的煎土鸡蛋早餐也只切了蛋白的三分之一。祁好拟的食谱：蛋黄不吃，胆固醇高。罗冬雨吃掉了蛋黄和剩下的蛋白。牛奶（脱脂的），麦片粥（降血脂），烤全麦面包片，西红柿。据说奥巴马早餐也是这些。余松坡多一样，辣椒酱：“老干妈”。这是漂泊海外的后遗症。罗冬雨刚来的时候，余松坡在饭桌上讲过，他在哥伦比亚大学念戏剧专业的研究生时，有段时间忙论文，顾不上到餐馆里洗盘子搞创收，穷得揭不开锅了，见到彩票信息就两眼发绿。有一天在校园的海报栏里看到条消息，纽约华人留学生协会搞了一个问卷活动，既像脑筋急转弯又像有奖竞猜，回答精妙者有奖。他拿了头奖，三个月的生活费一下子解决了。有道题他答得让所有评委都击节。问：华人留学生心目中最慰乡愁的女神是谁？他答：陶华碧。陶华碧是“老干妈”的创始人，这一款辣酱不仅解决了所有留学生的吃饭问题，还抚慰了背井离乡的悲愁。不管能不能吃辣的，老干妈都让他们尝到了祖国的滋味。

罗冬雨把余家的早餐食谱推荐给父母、弟弟和男朋友，没一个当回事。父母在苏北农村，早饭一年到头只有两款：春秋冬三季是稀饭馒头或饼外加一碟咸菜，来客人了就多炒个鸡蛋；夏天是白开水馒头或饼外加咸菜。弟弟毕业后留在北京，每天工作到后半夜，早上起来就该吃午饭了。男朋友韩山送快递，作息倒是规律。作为前厨师,余家的早餐他唯一感兴趣的是编外的“老干妈”。较起真来，韩山用鼻子“哼”一声，这不是营养和饮食习惯的差异，是城乡差别、中西差别，是阶级的问题。余松坡两口子都是纽约的海归。

尽管没耽误余松坡的早餐，罗冬雨知道自己还是起迟了。晚了半小时。照她的习惯，若无特殊情况，余松坡和祁好早晨看见她的第一眼，必是一个洗漱完毕、清清爽爽的罗冬雨，而不是这样，蓬头垢面、睡袍一放松就露出两条光腿。的确遇到了意外，前天半夜余松坡发病了。

过了子夜她没来由地进入了浅眠的状态，薄薄地浮在睡眠的表层，空气净化器微弱的声响她都听得分明。余松坡卧室门“咯噔”一声打开时，她精确地醒来，隔着她和余果的房门以及空旷的客厅，她判断着余松坡棉拖鞋与大理石地板摩擦的方向。当她发现他不是朝向卫生间也不是朝向厨房，而是在客厅里转了一圈时，果断地穿上睡袍打开门。借着窗外北京夜空含混的霓虹灯光，以及客厅里另一台空气净化器上蓝色和橘黄色的指示灯，她看见余松坡睡衣裤整齐地贴着客厅墙角在走，眼神安详但表情紧张，五官之间在相互较劲。以她的经验，余松坡会越走越快，摆臂幅度渐大，直到失控，最终会喊出声来，对家具大打出手。这个过程只需要五到八分钟。来得及。她在悄悄走向客厅东南角的留声机时，觉得自己后半夜的浅眠就是为这一刻准备的。她预感到了这个四十六岁的男人今夜要出问题。她打开留声机，调到合适的音量，当唱针落到黑漆胶片上时，《二泉映月》的二胡声像忧伤的月光落满了客厅。

余松坡的速度慢下来，手臂的摆动也跟着缓慢而抒情。他闭上眼又睁开，五官逐一放弃了戒备，回到它们原来的位置。一张平和帅气的中年男人的脸。罗冬雨站在留声机旁不出声，看着这个只比自己父亲小五岁的男人，这个著名的话剧导演，他有千般好，但她在敬仰之外也生出了怜惜和悲哀。他的行动越来越轻柔，仿佛担心打断了这深潭般的音乐。他在认真听，但他不知道他在听，他不知道正是这一曲子，唯有这一曲子才能平复他身心里的焦虑、恐惧和躁动，然后他按照音乐的节奏起伏着右手，转身往卧室里走。当他关上门，又过一分半钟，罗冬雨关掉了留声机。可以了。他返回到先前的睡眠里，仿佛不曾起来过。

早上出门，余松坡甚至都没有看那台德国造的留声机一眼。如果看了一眼，肯定没有看第二眼。仿佛他不曾起来过。他当然知道那台留声机对他的意义。这个家唯一不能动的就是留声机，电源永远都通着，黑胶片从来都不换，从最外围往里数，第二十一圈开始是闵慧芬演奏的《二泉映月》。哪怕一年用不上一次。要听音乐有音响、功放，古典音乐、现代音乐、中国民乐、世界各国民歌，包括《二泉映月》，但留声机里的《二泉映月》必须随时待命。四年前，罗冬雨站在这个家的门槛外面，祁好只问了她一个问题：能否严守秘密？她说能。祁好说，那就好，请进。这秘密比他们家保险箱密码都重大。然后祁好把她带到留声机前，花了一个小时教会她如何在五秒钟之内让闵慧芬拉起《二泉映月》。祁好小心翼翼地拍着留声机黄铜做的大喇叭，那简直就是一朵冷傲的巨型牵牛花。祁好说：

“保险箱可以动，这个不能动。着火了，保险箱可以扔，这个不能扔。”

但祁好没告诉她为什么。主家不说她就不能问，这是规矩。来余家的第六个月，秋天的后半夜，她起来给余果冲奶粉，那时候祁好正和她、余果睡在一个房间，祁好不喂母乳，夜里也很少起来照看孩子，只是偶尔过来陪他们睡着。祁好突然坐起来，说："冬雨，快，《二泉映月》。"她的紧张把罗冬雨吓了一跳，罗冬雨放下奶瓶就往客厅跑。她看见一个人影正张牙舞爪地朝留声机冲过去，她甚至都没看清那人是余松坡就抢到了他前面。咔，咔，咔，咔，她头脑里的秒针走动了四下，《二泉映月》响起来。稍稍不那么完美的是，闵慧芬是从第二十二圈拉起的，然后她看见余松坡停在原地，狂躁和恐惧缓慢地从四肢和幽蓝的脸上褪去，那些剑拔弩张的力量随着丝弦飘曳走了。一个陌生的余松坡转瞬即逝，他像过去一样沉默、平和，转过身，在剩下的二胡声里回了自己房间。

梦游。祁好的说法。她说遇到重大刺激或情绪动荡，余松坡会在后半夜梦游。放心，我们家老余不伤人，要伤也只会伤自己。

罗冬雨不完全相信这种解释，但也挑不出毛病；当年她在卫校里学的是护理，老师没讲这些。她也没往深处想，只在喂余果奶粉时脑子里转了两个念头：一是，如果她没有及时赶到，余老师会砸了那留声机吗？二是，有钱人真任性，治病听的《二泉映月》也得用进口的老古董放。

再后来，祁好无意中说起，他们回国时，三只行李箱装下了他们在海外二十年的家当：几身衣服，二三十本书，十几张面具，一台留声机和八百九十五美元。罗冬雨在心里“哦”了一声。如果是梦游，那也由来已久。

四年多余松坡梦游过三次。也可能更多，只是罗冬雨不知道。原因当然也不便问。她没学过家政，但护理课上老师教过，护理过程中，有时要装成瞎子、聋子或哑巴。她是护理专业那一届最优秀的毕业生。

七点一刻，罗冬雨叫醒余果。余果照例要赖上几分钟的床。三分钟后，小家伙已经完全清醒，但让他穿衣服下床依然要大费周章。罗冬雨有办法，昨天泡进浴缸里的恐龙蛋裂开了，一只粉色的小恐龙探出了脑袋。余果来了精神，自己穿好衣服。刷牙，洗脸，喝一杯温开水，从家里走到小区门口的幼儿园，通常距早饭上桌还剩下五分钟，正好让他坐定了出口凉气。全北京最好的私立幼儿园之一,一日三餐都由幼儿园营养师亲自搭配。祁好看重科学。

为了免受冷风和雾霾之苦，罗冬雨把洗漱的家伙拿到了楼上的卫生间。余果咳嗽着从楼下跑上来，后脑勺上和老鼠尾巴一样粗细的长寿小辫子也跟着蹦。他把刚露头的小恐龙从蛋壳里揪出来了。

“冬雨阿姨，恐龙怎么这么小？”

“刚破壳出来，当然小，放回去它才能继续长大。”

“我刚生出来也这么小吗？”

“比它大。”

这个比较罗冬雨自己都笑了。恐龙蛋是她在超市采购时顺手买的玩具，每颗拇指大小，放水里泡二十四小时，小恐龙破壳而出；再泡二十四小时，小恐龙会长大两到三倍。这么微小的变化已经让余果惊奇不已了。

“那我生下来时有多大？”

“这么大。”罗冬雨比画了一下，觉得现有的尺寸不够乐观，又把两只手的距离拉开了一点，“咱们果果生下来是个胖嘟嘟的洋娃娃。”

“像它一样胖吗？”余果指着墙上他贴的加菲猫图片。

“你把小恐龙送回去阿姨就告诉你。”

余果生下来比一只猫大不了多少，还是瘦猫。分娩时祁好三十八岁，大龄产妇。为了保住余果，她搭上了半条命，从头一次找不到胎音开始，出血，胎位不正，脐带绕颈，羊水不够，孕期高血压、高血糖，就没有连着三天消停过的。怀孕九个月，祁好在妇幼保健医院待了不下四个月。余果生下来就被送进了保育箱。祁好看见医生手里倒头拎着一个紫不溜秋的小玩意儿，哪是个孩子，就是只病猫嘛，她放声大哭的力气都没了。这一眼毁了她做母亲的自信。背地里她一直抱怨余松坡，为什么非得要个孩子，二人世界不是挺好么，差点得了产后抑郁症。也是为此，她决定把罗冬雨带回家。在医院的几个月里，罗冬雨是她的私人护理，她想到和没想到的，罗冬雨都做得很好。

罗冬雨是她请的第三个护理，跟前两个相比，罗冬雨不仅悟性高、技术好，还懂得尊重别人的隐私；生活中的隐私，生理上的隐私，哪怕女人之于女人的。有罗冬雨在跟前，做女人、做母亲，祁好心里都有了底。

再从楼下跑上来，余果已经忘了他生下来有多大的问题。他郑重地跟罗冬雨说："阿姨，卫生间的玻璃碎了。"

"天太冷，冻的。"

"多冷？"余果也比画起来，一个篮球大小的圆，"有这么冷吗？"

罗冬雨重复了他的大小："有。不过果果刷完牙洗完脸，冷就变小了。"

出门她给余果戴上最新款的防霾口罩。网上售价四百多，防霾率据说高达百分之九十六，当然早就卖断了货。

2.

他完全想象得到
那四个记者会问些什么

教授儿子　爸爸，晚间新闻，四条，还要听吗？

教　　授　逐条念，谢谢。

教授儿子　1. 据统计，昨日北京地铁客流量再次突破六百万人次。2. 今天上午十一时五分，在地铁一号线天安门西站，一河北籍80后女孩在地铁开动前落入铁轨坑道，刹车不及，不幸身亡。原因正在调查中。3. 今天凌晨三时许，东五环发生一起恶性车祸，六辆法拉利跑车连环追尾，一人丧生，三人重伤。据警方消息，该事故系违章飙车所致。4. “老虎苍蝇都要打”继续深入，昨日又一大老虎落网。爸爸，老虎不是国家保护动物吗，为什么要打？

教　　授　过去的确是。

——《城市启示录》

喉结处隐隐地痛，但这不会是今天最难忍受的。他完全想象得到待会儿那四个记者会问些什么。不必忌讳，一部戏产生如此大的反响是他梦寐以求的，多少年来他的戏都小众，勉强收回成本就算长势喜人的了，但眼下的结果肯定不是他想要的。没想到有那么多年轻人反对。在今天，放眼整个人类，得罪了年轻人都不会有好果子。明白这道理是不是有点晚？在彩排的某一瞬间，他听到男一号哀号的那一句“让他们都滚回去！”他还闪过一个念头，合适吗这句？他们认同吗？但全剧结束，就被整个剧组沙尘暴一般的掌声给掩埋掉了。大家都很满意。平心而论，戏演得非常好。他邀请的几个话剧界的专家朋友座下观摩，结束后站起来给他鼓掌。太棒了，他们说，很可能是今年最好的戏。

专家和演员们没发现问题，不是人家的错；你怎么导他们怎么演，你怎么演他们怎么看。只能说明你的思虑尚欠周全，你对当下的北京、当下的中国认知出现了致命的盲点。网上声讨的不算，北京已经有两家报纸娱乐版头条报道了这出戏的负面反应。有一家报纸第二版的社论文章，专门就这出戏讨论如何看待都市中讨生活的年轻人。文章用了最近几年流行的一个词：蚁族。他知道“蚁族”，在美国他也做过“蚁族”，当然那时候还没这个说法。跟很多人共租一间房子，好多人挤在一起，他那时候把自己称作“火柴头”,每个人都是一根火柴头。据说现在很多80后、90后的城市孩子，都不知道火柴头长什么样了，生活里我们都用打火机。

他不得不感叹，二十年过去，不管他在美国、在世界各地如何关注中国，认识上跟九十年代初他刚出国那会儿还是青黄不接。他想起当初决定回国后，招呼了一帮纽约的朋友吃散伙饭，一个在布鲁克林区待了近三十年的华人老兄提醒他：老海归的断层。意思是，这二三十年中国变化实在太快，天翻地覆、目不暇接都不足以形容，一个老海归必然会面临认识上的断层。你会觉得世界观、人生观、价值观格格不入。他一笑，没那么严重，连根拔起也不过是重新栽回到原来的那个坑里。他确信，二十年来他在纽约的网络上读到的中国报纸不比任何一个待在国内的中国人少。现在看来，悲观者的乐观更须谨慎。

路上车不多，喇叭声倒不少，能见度太低。车少总是好事，这或许是雾霾唯一的正效应，市政府下令单双号限行，减少尾气排放。今天单号限，余松坡开着尾数是6的斯巴鲁SUV，一路绿灯开过了两个街区。看到姚明保护野生动物的“没有买卖，就没有杀害”的巨幅公益广告时，才意识到方向反了。余松坡戏剧工作室在西边。随即看到了那座过街天桥，他不得不向自己承认，没开错，潜意识里他就是要往这边走。他想看那个人在不在。他觉得他已经开始心动过速了。

余松坡犹疑地往天桥上看，好像有人对他胸膛砸了一锤子，他的后背猛地撞到了座椅后背上。他在。那个人在。在芝麻糊一样的雾霾里，依然能看见那人头发胡子长到了一起，穿一件藏蓝色棉大衣，脖子上胡乱地缠了一条扎眼的红围巾。如果和四天前见到的装束一样，脚上穿的应该是一双只在旧军用品商店才能买到的大头羊毛棉鞋。尽管元旦在即，但雾霾让气温居高不下，完全不是北京冬天该有的温度。雾霾像灰色的羊毛在北京上空摊了厚厚的一层。这是余松坡亲眼所见。上个月他去香港参加一个国际先锋戏剧研讨会，上了飞机就犯困，旁边是位老先生，放倒了椅子正闭目养神，他就顺手把遮光板拉下来了。老先生睁开眼，不高兴了，质问他为什么不征求他意见就把遮光板拉下来，靠窗坐着的是他。余松坡赶紧道歉，我以为您已经休息了。老先生见他客气，也跟着客气起来，说他误会了，每次回国他都会遇上几个不懂礼貌的国人，正打算逮着一个修理修理。“我在等。”老先生指指舱外。

“外星人？”

“雾霾。”老先生说，“我是搞环境物理的。”飞机穿过云层，“来了！”老先生从夹克衣兜里摸出一个造型奇怪的相机，“看，雾霾的边缘。阳光打上去散开的光谱。”他对着舷窗“咔嚓咔嚓”一阵拍。

那光谱含混却诡异，怯生生地给雾霾镶了一道宽阔的五彩的边。但在余松坡看来，触目惊心的是雾霾本身，与其说那是上帝在天上赶着浩瀚无边的灰色羊群，不如说上帝已经烦了，把羊毛都给剪了，那漫天的浑厚汹涌的灰色羊毛。看那颜色余松坡就觉得嗓子一紧，好像吞进了一把羊毛。那位罗马来的研究环境物理的老先生边拍边说：“这霾啊。”然后他们谈了一路的霾，北京的，伦敦的，亚特兰大的，中国各地的，直到从香港窗明几净的天空落下来。

那人站在天桥上，怀抱一堆鼓鼓囊囊的白色塑料袋。这个气温里穿一件长及脚踝的棉大衣，有点隆重了。但据说所有头脑不太正常的人都分不清冷热，他是吗？余松坡把车开到辅路上，停下。他需要待在车里想一想。

四天前，他带祁好、罗冬雨和余果到这天桥附近的商场买行李箱。祁好要去云南出差，上次从杭州飞回来，新秀丽拉杆箱托运时被摔坏了，拐角处被砸得凹陷进去，余松坡让它复原后，发现凹陷过的地方全裂出了缝。祁好是搞营养分析的，科学和精确是关键词，容不得半点差池与不完美，于是买新的。刚上天桥，余松坡就觉得不自在，后背上有东西，反手过去挠几把，还在。让祁好看，什么也没有。过了天桥，到商场门口，那感觉，越发清晰，含混的烧灼感。他背对商场的旋转门站着，让他们先进去，就地点上一根烟。

整个抽烟过程，他都在努力排除这种奇怪的异物感，但它一直在。他排除了心理学上的诱因，到垃圾筒前掐灭烟头时，谨慎地环顾四周，同时心跳加速。某种感觉没来由地苏醒过来，从很多年前向当下飞奔袭来。他看见天桥底下坐着一个流浪汉，他都没看清对方的脸，就感到两道持久的目光。他不想去看那流浪汉的脸，所以他的目光停留在流浪汉头上一米高的地方，但仿如命定一般，正当他要转身走向旋转门，流浪汉站了起来，他的脸恰当地出现在他的视野里。他在他的脸上看见了二十多年前那个年轻的受害者。

进了商场，后背上的异物感消失了。在箱包区他找到妻儿和罗冬雨，说原来是烟瘾犯了。他们拖着行李箱从商场里出来时，流浪汉不见了。他有恍惚之感，怀疑自己刚才看错了。

接下来的三天里余松坡经过天桥两次。一次是打车，特地嘱咐师傅绕行经过这条街，没看到。第二次是搭助理的车，流浪汉坐在天桥的倒数第三个台阶上，穿藏蓝色棉大衣、红围巾、大头棉鞋，头发胡子长到了一块儿，怀里抱着四五个充过气的透明塑料袋，低着头。助理车开得像阎王，没等那个人抬起头，车过去了。余松坡只能一声不吭。当时雾霾渐起，真切地弥漫到了他的心里。

夜里就梦到了他。

在梦里余松坡回到了十九岁，高考失利。那年的夏天故乡罕见地炎热，知了在枝头没日没夜地叫，直到累死，“啪嗒啪嗒”从树上往下掉。余松坡家的螺螺也热死了，那条黑狗胆小，不敢下水解暑，大中午坐在河边犹豫，一个劲儿打哈欠，嘴张到最大时脖子一梗，死掉了。村子里过了五十岁的女人约好了似的，跟老爷们儿一样不穿上衣，滴哩嗒啦甩着两只干瘪的乳房到处串门。没有男人看笑话，男人们一个个都热得蔫头耷脑，连抽完一根完整的纸烟的力气都挤不出来。

都说是天垂异象，要出大事。到八月，大事似乎还没有真正地来到这个偏僻的小村庄。消息总是滞后。多年后余松坡在北京念大学，慢慢总结出他们村流行事物的周期：一首歌在首都流行一个月以后到他们省城；省城流行两个月后到他们的地级市；地级市唱完了三个月，才可能到他们县城；县城唱过四个月，镇上的年轻人开始唱了；等到他们村的姑娘小伙子把这首歌挂到嘴上，又得半年以后了。没道理可讲。即使在广播里他们村和首都人民同时听到一首歌，但要真正成为他们村的日常生活细节之一，至少滞后一年半以上。歌曲流行的速度已经是最快的了。设若服装，从县城流行至他们村，滞后五年都不止。满世界都穿上了牛仔裤好多年，他们村里的人才逐渐接受小伙子裆前被裤子勒出的那饱满的一坨。他们一直认为，不正经的货才穿那玩意儿，把裤裆里的东西明火执仗地端出来给人看。

大事没有真正深入余家庄的人心之前，全村人认为最大的事就是余松坡高考落榜。怎么会呢？从育红班开始，余松坡成绩就是全学校第一，小学、初中，都是。高中在县城念，他们不知道，但肯定不差，他们早就在设想余松坡将来能当多大的官。在省城工作，当然也可能去北京，那样他们就可以带着村里的土特产去找他，弄个大商店看门人之类的官当当。竟然落榜了。他都考不上，大学都给谁上了？

余松坡也没想明白。结果跟你能不能想明白没关系。那时候高考是千军万马挤独木桥，名副其实，全村的高中生就没一个考上过。没考上不也都好好地活下来了？他得另谋出路。那时候乡村青年最好的两条路：考学和当兵。每年都会以镇为单位征兵，名额落到他们村，一年最多也就一个。盯着这指标的人能排出去半条街，都知道入伍了就能吃公家饭，一人当兵全家光荣。在部队里混得好，念军校，提干，将来当大官据说更靠谱；混不下去了，复员回老家，政府也会安排工作，相当于军转干部，也是半个铁饭碗。村里出来的最大干部在县城某局里上班，走的就是这路子。

问题是，今年有竞争力的不只余松坡一个人，成绩好也写不到脸上去；再说，好怎么没考上大学？竞争对手成绩没那么好，高中也没毕业，落的是去年征兵的榜。去年入伍的是村长的外甥，他必须得让。这个名叫余佳山的倒霉蛋，是余松坡出了五服的本家堂兄，书念得一般但头脑好使，在修车铺前蹲着看两个小时，就能把自行车拆散了再重新装上。坐他姑夫的东风牌大卡车去一趟县城，坐副驾驶位置上，回来他就和姑夫换了个座，把卡车一路开到家门口，巷子也是自己倒腾进来的。从小学开始就没有停过做生意，天热了贩冰棍卖给同学，天冷了从自家炉子里夹几块烧红的煤块，装进铁罐子里带到学校，考试前谁要暖手谁得帮他打小抄。初中二年级，他托开卡车的姑夫从外地捎回来一套《金庸全集》、一套《古龙全集》和一套《梁羽生全集》，自己当老板开起了租书店，一本书看一天一毛钱。因为有个开卡车跑长途的姑夫，余佳山蹭车跑了不少地方，俨然成了全村最年轻的信使，带回来各种外面世界的消息。

天终于凉快点了，父亲又请村长来家喝酒，事情得往前走一步。披着中山装的领导满头满脸的汗，啧咂地喝着余松坡家的粮食烧酒，啃着余松坡家大暑后余生的唯一一只公鸡，说:“照理，余佳山那小子今年该轮上了。你没理由不给嘛。”喝完了半瓶烧酒又说，“喇叭里整天在说北京的事，咱小村小民，远得找不到在哪儿了，不关咱的事。但有些事不关还不行，小狗日的五月底真去了一趟首都，能耐吧？”

余松坡坐在村长对面，这时候他该站起来去满酒的，但他走神了。他觉得对面坐的不是鼻孔朝天的村长，而是永远都意气风发、走夜路都要哼着扭着迪斯科、跳着太空舞的余佳山。刚从首都回来那会儿，当他开口描述天安门时，半个村都聚到了他身边。他得意洋洋地说，在北京他受到了大学生一样的款待，免费吃吃喝喝。尽管村长吃完公鸡用黢黑的指甲尖剔牙时说，也不是一点希望没有，余松坡还是看见了神采飞扬的堂兄余佳山穿上了军装，胸前戴着一朵绸子做的大红花。余佳山咧开嘴笑了，但余松坡分明看见他脸上挂满的是泪水，那张年轻帅气的脸在一瞬间变了形。那张变形的脸，转身之前，愤怒又绝望地剜了他一眼，余松坡梦见自己在梦中从床上坐了起来。他必须走下床，让自己动起来，把拳头打出去，把脚踢出去，非如此不能缓解堂兄剜他的那一眼。

他梦见了余佳山。但他努力让自己相信，他只是在梦中看见了余佳山。早上出门前，他用眼睛余光瞟了一下留声机，但他想不起之前它是什么状态了，所以也就无从判断昨夜是否曾被启动过。眼下它完美地合着，像不曾被动过一样。

罗冬雨在他身后一声不吭，他也就一声不吭。

现在，余松坡坐在车里，暖气开到最大，以便让紧张的身体更彻底地放松。玻璃上起了雾，雾霾中的人更模糊了。他又打开雨刷器，喷玻璃水。前天刚洗的车，刚开这一会儿，几圈划拉下来，黑色就顺着玻璃边缘往下淌。湿的是雾，黑的是霾。交通台的主持人正用压低的标准男中音普及 PM2.5 的知识。这种直径为 2.5 微米的颗粒物，一根头发丝直径的二十分之一，一旦到达肺泡，就留下来不走了。如果肺泡内 PM2.5 越聚越多，肺泡将会被填满，死亡，然后纤维化。一个人大约有 6 亿个肺泡，展开面积在 50 到 100 平米左右，随着越多肺泡的死亡，肺部纤维化的速度就会越快，肺泡的数量也就越来越少，展开面积也相应越来越小，人类的呼吸功能也将越来越弱。“如果这些您想象起来有些困难，”主持人说，“您一定听说过煤矿工人的职业病中，有一种叫‘煤尘病’，又称‘黑肺病’。两者差不多是一回事。还有更为可怕的事情，也得跟开车的朋友知会一声，雾霾中还有更多直径小于 PM2.5 的小东西，可以透过肺泡直接进入我们身体的血液循环系统。您一定知道，人体的血液循环是一个封闭的系统，一旦污染物进来了，您就准备它安家落户吧。”

余松坡从后座上拿起包，里面有祁好准备的几只防霾口罩，他戴上一只，又揣了一只新的放到皮夹克的兜里，然后对着后视镜照了一下。除了那两道浓黑的眉毛和美国作家保罗·奥斯特式的发型，能被熟悉的人一眼认出来，眼睛以下的部分他自己都很陌生。他从仪表台上拿起墨镜戴上，这下镜子里的人余松坡自己都认不出来了。他清一下嗓子，从车里出来，一步一个台阶上了天桥。

墨镜之外的雾霾世界更晦暗了，有种强烈的中世纪之感。那个人怀里饱满的白色塑料袋颇有些刺眼。余松坡看清楚了，他抱的不是塑料袋，每一个扎好的塑料袋都垂着一根线，他抱的是所有的线头。所有线头加起来也没有一根点五的中南海香烟粗。余松坡站在那人两米之外，掏出烟，等他转过脸来。漫长的三十秒等待，那人才发觉身边站了个人，目光从天桥下一辆车体印着北五环外售楼广告的公交车上撤回来，斜斜地看了余松坡一眼。

“买新鲜空气吗？”流浪汉说，转过身，傻傻地张嘴一笑，露出了凌乱的胡子堆里稀疏的大黄牙，“便宜，十块钱一袋。你看这天气，吸一口我的新鲜空气，你就能回到草原上，你就能回到大森林里；再吸一口你能回到老家去。来一袋吧，很便宜。”他择出一个塑料袋往余松坡这边递。

余松坡赶紧把中南海递过去，速度比预想的快。他看见了他的两只眼，深隐在皱纹、雾霾和不知来路的污垢里，眼神浑浊、漫漶、邈远，不像活在这个世界上的人。但当他看见递过来一根香烟，兜售新鲜空气的事立马忘了，眼神迅速聚了焦，尖锐、精明和玩世不恭的神采一下子全出来了。不可能是第二个人。余松坡觉得肠子剧烈地扭动了一下，带得两条腿都打了个趔趄。不管有多老，不管身置何处，只要心没死，一个人的眼神是没法被篡改的。余松坡把烟送到他黢黑的手里，掏出打火机给他点上。点火的时候他努力让自己不哆嗦。

如果不是余佳山那错乱的表情，余松坡真觉得这是个阴谋。他出现在北京，他甚至来到了自己日常生活的半径里。他怎么就会到这里了呢？这个问题余松坡琢磨了一阵子，跟一个朋友喝茶聊天时突然弄明白了。朋友说起他来北京的缘由，哪有那么多深谋远虑，纯粹出于一个可笑的情结，就想看看天安门城楼是不是像小时候美术课上画的，一天到晚都金光万丈。懂事后，当然知道多高大的楼子也发不出光，但心里有个结。余松坡就想，其实大家都有结。朋友有结来了北京，余佳山更可以理直气壮地有结：因为北京，他才成了现在这副模样。脑子乱了，有些记忆还残存着；就算记忆也不在，那钝刀子长久切割灵与肉的感觉想必不会丢。而他余松坡，何尝不是因为一个结来了北京，去国经年，又再次回到北京。如此看，遇见余佳山既偶然也当必然，北京再大也只是个城，这里碰不上那里也会碰上，今天撞不着明天早晚撞得着。

余佳山那根烟抽得很享受，夸张地张大嘴，对着灰扑扑的天空喷出烟雾。若非他从第一口烟咽下去眼神就散掉，回到一个流浪汉无赖、满足和得过且过的表情，余松坡可能就转身走了。眼下的状态，他是无论如何认不出自己的。二十多年没见了。余松坡决定再待一会儿，陪他抽完这根烟。二十多年他预演过无数种碰面，都是杞人之忧，它竟轻易简单到只这么一站，递上一根烟。他知道自己此刻不能摘下墨镜和口罩。他往余佳山身边靠近了两步。

余佳山抽着烟，对他苍茫一笑。他在墨镜和口罩里还一个笑。

“等等，等等！”桥下跑上来个胖子，在口罩底下呼哧呼哧地喘粗气，抱着个单反相机。“别动，别动，就这样。这造型，这扮相，还有咱这醇厚的北京霾，没治了。可以给你们哥俩来一张吗？”他把镜头对准了他们。

余松坡想撤出镜头，但余佳山愉快地答应了，往他这边侧了侧身子。余松坡颇为纠结，正要扭头躲过，听见连拍的快门声。那一连串照片中，有一张第二天早上出现在《京华晚报》头版，成为那几天北京雾霾主题摄影中最著名的照片之一。余松坡戴墨镜、口罩，穿皮衣，围围巾，转头的那一瞬间既像悲悯地看着余佳山，又像忧心忡忡地面对北京牌雾霾。余佳山的流浪汉形象本身就抓人，有故事感，此刻怀里还抱着一堆装满新鲜空气的白色塑料袋，另有大红的围巾，画面效果很跳；右手夹一根香烟，与嘴若即若离，一股烟正纠缠着从胡子里喷涌出来。背景：北京灰色的高楼，天空，车辆，行人。完全是精心设计的摆拍。

胖子拍完，向他们俩伸出右手胖乎乎的食指和中指，一个 V 字形，“耶！”他说，“来二十块钱的新鲜空气。”他熟知行情，打余佳山的主意肯定不是一时半会儿了，没准一直蹲守桥下，就等一个意味深长的场景和构图，而刚刚，“天使”余松坡终于出现了。

余佳山认真地把两个塑料袋交到胖子手里，胖子下天桥离开，他还热情地跟上几步说再见。走起路来，余松坡发现堂兄成了瘸子。在里面待了十五年，什么事情都可能发生。余松坡想起当年村里的传闻：余佳山给家里写了一封信诉苦。余松坡不相信，也不愿相信，他跟父亲说，怎么可能？现在看来，即使他寄出来的信是夸张的，他也没少受苦。余松坡数了数余佳山怀里剩下的塑料袋，十二个。他掏出一百五十块钱递给他，在塑料袋外围画了一个圈，全买了。这单生意出乎余佳山意料，他惊喜地张开嘴，衰败的牙齿一览无余。余松坡接过塑料袋，把那盒中南海香烟和那只新口罩塞到堂兄手里，转身下了天桥。他听见余佳山用夹着家乡方言的普通话在他背后说：

“找你三十块钱！找你三十块钱！我会向政府报告，戴墨镜的也可能是个好同志！”

3.

所有孩子都戴着口罩进幼儿园

教授太太　哦，亲爱的，怎么说呢，我看见了两个北京。一个藏在另一个里面。一个崭新的、现代的超级大都市包裹着一个古老的帝都。那个古老的帝都像王府门前的石狮子，油腻腻的——

教　　授　那叫包浆。是这个古老的城市乃至这个老大帝国的分泌物，也是它们的黏合剂和保护层。你把它洗干净，石头就散了。

教授太太　什么是包浆？

教　　授　包浆，简单地说，就是文化。北京的，中国的。既藏污纳垢，又吐故纳新，坚韧蓬勃，生生不息。

教授太太　我也喜欢那个崭新的北京。开阔，敞亮，那巨大的、速成的奢华假象，充满了人类意志的自豪感，（她掏出垂在内衣里的项链）像施华洛世奇。大个儿的施华洛世奇。我是玻璃，但我比真的还要用心，我科学、浮华、精良，我就是要把浅薄和新变成最有力的武器，打败你。

教　　授　来，亲爱的，干杯！你已经部分地理解了这座城市。

——《城市启示录》

所有孩子都戴着口罩进幼儿园。有家长抱怨，要不是马上元旦联欢会，他们才不会把孩子送过来。教室里有两台空气净化器，家长联合给班级买的，但从家到幼儿园这段路得走啊，就算挡住了百分之九十六，还有百分之四呢。为保证出勤率，幼儿园老师也有招，每个小朋友都有节目，彩排了，你来不来？

罗冬雨送完余果回小区，楼下站着一男一女两个警察。见到罗冬雨，女警察摘掉口罩说：

"您是这栋楼住户吗？能否帮我们开一下门？"

罗冬雨也摘下口罩："您不是在路口指挥交通的那位警察阿姨吗？"

女警察也认出了罗冬雨："是您呀。您儿子喜欢双脚起跳蹦着过马路。这影响速度，要注意。"

送余果上幼儿园，经常见到那位女警察，在幼儿园旁边的路口指挥交通。早上时间紧，都掐着点儿把孩子送过去，全抢着乱穿马路。那会儿正是上班车流高峰，那位女警察往路边一站，自有威严，逢有家长带孩子急着过马路，她就拦住车辆，让行人先过。罗冬雨每次过马路都很感谢她，让余果说一声"谢谢阿姨"。

"这是我们的林警官，"男警察说，"林警官是义务指挥。"

林警官说："嗨，我就是上班前顺手瞎比画。应该由人家正经交警来做才名正言顺。但大家都忙。那地方出过事。”

罗冬雨刷卡打开楼门：“你们这是去哪儿？”

“306报了警，玻璃被人砸了。”

“哦，就是我们家。”

林警官和同事进了厨房和卫生间，一边拍照一边问罗冬雨相关情况。罗冬雨如实转述了余松坡的交代。男警察根本就不认为砸两块玻璃算个事儿，对浴缸里正在成长的霸王龙倒挺有兴趣，捞出来放手心摆弄了半天，说：

“你儿子挺会玩儿。”

“对不起，孩子不是我的。”

“哦，”男警察意味深长地耸耸肩，“都理解的。”

林警官说：“小黄！”

小黄撇撇嘴，把霸王龙放回了浴缸。他进门时就看见了余松坡的照片。余松坡和罗冬雨的年龄差距一目了然。

“没事。”罗冬雨说，“没那么复杂，我就是一保姆，干活儿的。”

小黄终于觉得自己做过了，讪讪地出了卫生间。

林警官说：“不好意思，打扰了。有消息我们会及时通知您和户主，有相关信息也请及时告知我们。可以更换玻璃了。”

送走警察，罗冬雨给物业打了报修电话，他们答应马上就到。她开始打扫一地的碎玻璃，这时候韩山的电话来了。

“罗领导，”韩山的声音裹在雾霾里，有浓得化不开的讨好味道，“方便吗？”

“不方便。”

“哦，亲爱的，你又生气了。”韩山学着影视剧里的腔调，“就十分钟。”

“一分钟也不行。”罗冬雨没好气地说。她知道他想说什么。结婚。结婚。结婚。他爸催了。他妈催了。他爷爷奶奶催了。他七大姑八大姨都催了。谁让他是韩家的长房长孙呢。一群老头老太太都急着抱孙子、重孙子。

偏赶上罗冬雨刚受了刺激。“送你的快递去！”

韩山骑着三轮车正经过楼下。刚刚从分拣货仓里出来，实实在在的一车。他把公司配的电动三轮摩托车重新改装过，自己设计，挡板、货架像鸟的翅膀舒展开来，货箱就是那只鸟的身体。这样，他的车因为宽大显得低矮，几乎要贴到地面上，但它的宽阔和庄严稳重之感让人觉得他驾驶的是一艘航空母舰。他也认为自己驾驶的是航母，这个好感觉让他守住了对快递这一职业的忠诚。“一分钟。就一分钟！我就抱抱。就一下！”今天，韩山坐在航母上心情不大好，哭腔都出来了。

罗冬雨心软了，说："大嘴熊，真不方便。装玻璃的工人马上到。"

韩山想到余松坡家里来。这种可能性不大。她在余家四年，韩山来北京也已经三年，除了余松坡、祁好邀请或请韩山来帮忙，单为私事，韩山登门只有三次，都是给罗冬雨捎东西，进门坐下来，凳子没焐热就得离开；有时候干脆门都不让进，就门前交接。此外来余家，那就纯属工作，送快递。因为迷上传统的养生学，祁好突然也喜欢上了网购，隔三岔五从遥远的地方买一些稀奇古怪的食材和药物，如果用的是路通快递，那就是韩山送，他管这一片儿。他希望祁好网购的面再广一些，最好啥啥都在网上买，一天最好他能往余家跑十八趟。

此前不这样，余家坚决不网购。余松坡和祁好认为，网购固然有其时代性和便捷性，但全民网购这事儿有点不太靠谱。一个社会的健康运转，很大程度上取决于公共生活的发达程度，都关在家里网购，不往实体商业区走，公共空间越来越小，交流就会减少，社会迟早出毛病。即便从经济角度论，大兴网购，似乎从商的成本降低，商户数目暴涨，但于整个社会的消费而言，GDP 未必就一定跟着上。出门采购，你不仅会买东西，你还要吃喝、看看电影、逛逛书店，顺手买几支玫瑰，有意无意就带动了餐饮业和其他服务业。也就是说，虽然你出门只买了一样东西，但你让三百六十行都跟着运转起来了。由此，他们认为，网购可以有，迅速刺激消费，但把它抬高到全民网购、全民电商的高度，于社会、于社会中的人并非长远良策。也因此,他们身体力行,尽量不去网购。

但最近祁好突然对古法养生有了兴趣，而养生的一些材料在实体店经常买不到，只好网购。网络是个大世界，只有你想不到的，没有你找不到的。快递公司很多，总有一些商品派到路通公司手里，韩山申请换到这条线，思路很清晰。之前他跑隔壁的那条线，一条马路之隔。为了移到马路这边，他请同事吃了好几顿饭，外加送了几件老家的土特产，才让同事装病请假，让他乘虚而入。同事也乐得让贤，余松坡所属小区算得上北京有名的高档社区之一，家家户户最不缺的就是钱，最怕的，是出门买便宜货时被邻居撞见。他们极少网购，不是坚持余松坡、祁好那样的发展理念，纯粹就是丢不起那个人。

送快递你总得让我上门吧，韩山就是这么想的。罗冬雨的规矩很多，不带外人进主家，男朋友不行，亲弟弟也不行。罗龙河在北京读书,读完了,毕业了,工作了,跟余家也算很熟了，若非余松坡和祁好同意，罗冬雨也不让进门。姐弟俩站在门口，门里门外你递我取，像做着样子给外人看。但这是罗冬雨认定的职业道德，守得近乎刻板。你有政策，我有对策。原来韩山在中发电子市场一家通讯器材商铺里工作，朝九晚五地看铺子，见女朋友的机会少得他都不好意思跟兄弟们说，朋友们就怂恿他，干快递得了，上了车时间都是自己的。他真就辞了，披挂上阵成了一名快递员。

今天他是真想罗冬雨了。想抱抱。昨天晚上，他隔壁的室友送完最后一单快递，回住处的路上被车撞了。雾霾从天上降下来，能见度都看不清自己的十根手指，对面开车过来的哥们儿心里肯定也不痛快，雾霾弄得他鼻腔和嗓子都不舒服，打了一个不彻底的喷嚏，把油门当成刹车，一脚下去，一辆小长安铃木直直就撞上了室友，当场人就倒地上不动了。警察从室友的手机里找到他和韩山的通话记录，给韩山打了电话。韩山赶到医院，室友浑身插满了管子，除了呼吸和脉搏在，人一动不动。他和他们片区的头儿守到了凌晨三点，因为第二天还有活儿，公司里来了两个领导和同事，他就回去眯了个囫囵觉，也就三个小时，还没睡踏实，闹钟就响了。新的一天开始了。洗漱，早饭，公司签到，货仓分拣，出车。

刚上车，他就觉得悲伤像雾霾一样弥漫了身心。他肯定难过。一个嘻嘻哈哈的大嘴胖子要难过了，那是真难过。听医生的口气，室友可能没戏了，有戏也等于没戏，往好了想，也就是个植物人。这个倒霉蛋，到年底才二十四岁，到现在都没正儿八经抱过一个姑娘，还是个处男。有一天他看一部黄片，憋得脸上的青春痘每一颗都金光灿灿，端着电脑来敲韩山的门，指着一个定格住的高难度的性交镜头，问："韩哥，男人的这东西真能这么用吗？"这个山西晋城来的小兄弟，再也不用焦虑男人那东西的用法了，也不会再因为长这么大没彻底地抱过一个姑娘而遗憾了。韩山不是个多愁善感的人，但突然面临一个鲜活的人可能突然从眼前消失，还是有点扛不住。贵贱都是一条命啊。

他们其实只共事了五个半月，但他拿韩山当哥，凡事都要听韩山的意见。不痛快的事跟韩山说，路上见着个好看的姑娘也向韩山汇报。他的理想是，回晋城也开家快递公司，所以没早没晚地干。公司名字都想好了：卡通快递。他叫彭卡卡。想到彭卡卡的两只胳膊再也环不住一个亲人，韩山就觉得身体里空虚得厉害，呼呼地往里灌冷风。他想结结实实抱住个人，那种凶猛的饥饿感，足以让他把对方摁进自己的身体里。那个人只能是罗冬雨。在北京，他只有罗冬雨一个亲人。他说，冬雨，我们结婚吧；罗冬雨说，大嘴熊，再等等。

三年前他还在老家的县城里开出租车，每天早上从他和罗冬雨的镇子出门，三十里路开到县城，拉一天活儿，再三十里回到镇上。一天中他只在中午和晚上与罗冬雨互发短信，那是两人都可能闲下来的时候。三四个月他会开车来一趟北京，十二三个小时一口气跑，把一辆最低端的现代车开出奔驰的速度。住一晚，和罗冬雨见一面，一起吃顿饭。第二天睡一个懒觉，养足精神再一口气十二三个小时回去。他觉得这种生活挺好，比之前在县城高级中学食堂当厨师要好玩。他是个白案，馒头蒸得一级棒，教工家属都到学生食堂来买馒头，说他蒸的馒头有面包味。承包食堂的老板为省钱，能省的人全省，开饭时多大的师傅都得到窗口打饭。这也好，那时候罗龙河在高级中学读书，每天固定到韩山的窗口打饭，韩山的勺子往下深一寸，罗龙河就比别人过得好。念高三别人都黑瘦，罗龙河胖了三斤。

但每天跟面团打交道终于让他烦了。面点做得好，老板总让他加班，该休的假也得免。现在学生口味刁，脾气大，没事就用微信、微博、网络论坛搞串联，一个馒头不对味儿，就要造反。有韩山在，起码不会造馒头的反。但罗龙河毕业了，连点徇私舞弊的小乐趣都没了，想看一眼罗冬雨更没门儿，于是干脆脱掉围裙换上西装，敲开老板的办公室，老子辞职，加多少工资都不干了。

从白案师傅到出租车司机，一点儿都不唐突。他好发动机这一口儿很久了。打小这样，能转的东西都喜欢，小到光屁股时玩的陀螺，大到从来都没有坐过的直升机的螺旋桨。转的东西让他想到速度、力量，有种迷人的激情的美。韩山这辈子偷过的唯一一件东西是个掌心大的小闹钟。他八岁，跟父亲去表叔家，摆在八仙桌上的闹钟“咔嗒咔嗒”响，每一秒响一下，一头拉磨的小毛驴围着表盘圆心转着圈走，一秒钟走一步。他看中了那头小毛驴，回家时顺手揣进了兜里。他处心积虑要偷那个小闹钟，为了消掉它的动力，和表弟一起玩时他一遍遍让它响闹铃，到他回家时，老天保佑，小毛驴果真不动了。

但那个毛驴闹钟带来了一系列麻烦。回家他坐在父亲的自行车后座上，明知毛驴跑不动，但分明听见“咔嗒咔嗒”的响动，像心跳透过棉袄传出来。他如此紧张，一路都没敢吭声，二十里的土路跟两百里地一样漫长。那咔嗒声最后变成了他的心跳，越跳越快。在他的感觉里，毛驴走一步，他的心脏跳两下，或者干脆就是毛驴加快了速度，一分钟里开始走一百二十步了。正是从这次怀揣毛驴闹钟的回家之路开始，他患上了心动过速的毛病。除此之外，他找不到任何原因，每分钟没来由就跳到九十、一百、一百一、一百二。医生说，这孩子营养不良，得补补。父母就开始给他补，每天凌晨四五点起来给他煎一个油鸡蛋，冲一杯热牛奶，每周雷打不动煲一次鸡汤、红烧一次小公鸡。

吃得他恶心，但他不敢不吃。毛驴闹钟一直藏在床底下。那时候他还是个瘦子，站直了像根麻秆，然后就胖了。初一进校体检，重一百二十斤，刷新了初一年级体重的校史纪录。当然，父母很开心，儿子心动过速的毛病终于治好了。

等韩山念到初中二年级，这里摸摸那里弄弄，无师自通地把姑夫的嘉陵摩托车开动了，他才发现，当年他喜欢的那个小闹钟，跟小毛驴关系不大，而是因为它在运动，闹钟是运动的机械之一。白得了一场心动过速，也白胖了几大圈。他喜欢的是运行中的、有速度、有力量和激情的机械。然后，他以减肥为条件，要挟父母给他买了一辆摩托车。父母不敢不答应，儿子的肥胖已经开始影响健康，可怕程度比单纯心动过速还要厉害。但初中生骑摩托车太扎眼，父亲没办法，只好自己先学会了骑摩托车，以便儿子神气活现地坐在车上时，他可以给街坊邻居说，这浑小子只是偶一为之。

罗冬雨和韩山就是在摩托车上谈起了恋爱。

二十一世纪初的中国，苏北小镇上，一个高中生骑辆摩托车去上学，还是挺拉风的。韩山高罗冬雨一个年级，这也给了他泡学妹的胆量。每天早上他从镇子东边来，到镇电影院前停下，坐在摩托车上装作看橱窗里各种花花绿绿的海报。正经的电影基本上不放映了，三块钱的票价老百姓嫌贵。更多的是各种草台班子、野鸡班子的演出，二十块、三十块钱一票也抢着看，原因是海报上各种画过浓妆的女郎都露着大腿，旗袍的衩一直开到胯上。要是来一个四线五线的歌星、影视明星，票价还要再涨。镇上的人追星舍得花钱。罗冬雨长得有点像橱窗里某个女明星，这是韩山跟她讲的。

“露大腿的那种吗？”她问。

“你多心了。”韩山说，“只露了一条。”

那女明星双手掐腰，两腿交叉站立，只能看见一条光腿。韩山每天早上都是在计算女明星们衣服覆盖率的时候等来罗冬雨。

罗冬雨从电影院旁边的一条巷子里走出来，马尾辫，身材高挑。韩山忍不住会想，她要露出大腿会何等风光。只许露一条。他发动摩托车，缓慢行驶到罗冬雨的右前方，说：

“年轻人，捎你一段？”

“谢谢。不必了。”

“乡里乡亲的，客气个锤子嘛。”

“客气不是给你面子，我没那么礼貌。我只是喜欢走路。”

“你这速度建设社会主义可不行。”韩山说，“上来吧，再磨蹭别人该以为咱俩有啥情况了。”

这种小伎俩玩不出花来。漂亮女生多半都见过点世面，不坐。邀请二十六次，被拒了二十六次。第二十七次韩山得逞了。那天罗冬雨临出门身上来了事儿，收拾好再去学校，时间已经不多了，又不敢迈开步跑。韩山及时出现了。他以为今天又没戏，连人都见不着；他的耐心也到了临界点。罗冬雨上了他的车。

第三十五次又得逞了。罗冬雨出教室就已雷声滚滚，到校门口白胖胖的大雨点就落下来，她没带伞。“上车吧。”韩山停到她右前方。罗冬雨不仅坐上了韩山的车，还钻到了他的大雨披里。韩山开心坏了，借口雨大路滑，不停地把油门往下降。她抱着他的腰，他感受着她的温度，还有让他重新心动过速的后背上两坨圆软的感觉。他绕了道，在镇中心的水泥路上跑了两个来回。妈的，这条路为什么不修到月球上呢。

雨过天晴，韩山再次把摩托车骑到她的右前方。“上车。”

罗冬雨抬腿，像上自己家的车。这一年，韩山高三，罗冬雨高二。

可是今天真不行。罗冬雨想再和韩山解释，门铃响了。物业的师傅扛着几种不同规格的玻璃窗进来。过程很简单，三下五除二，雾霾重新被挡在了窗外。师傅对玻璃被砸这事有兴趣，他在小区里干了快十年，头一回听说谁家玻璃被有预谋地砸了。小孩子过家家吗？

“不过，你们家得注意了。”师傅说，“不怕贼偷，就怕贼惦记。”他是好意，伸脑袋往客厅看看，除了楼梯的那面墙上挂满了各式各样的面具，好像也不是富得镶大金牙的人家。所以他改了口风，“北京大得像海，往哪儿一钻，掘地三尺你也找不出来。咱在明处，人家在暗处。”

罗冬雨谢过师傅，送他到门外，回头就拨了韩山手机，没人接。他在路上，已经到了另一个小区。罗冬雨发了条短信：

大嘴熊，别忘了戴口罩啊。

4.

工作室门窗紧闭，助理和四个记者都在

猴子汤姆　吱吱。喳喳。叽叽。呀呀。

教　　授　安静。

猴子汤姆　吱吱。喳喳。叽叽。呀呀。

教　　授　安静！安静！

儿　　子　它说，很辣，花椒，香，还有鱼。

教　　授　哦，水煮鱼。前面是家川菜馆。我请你们两个外国人尝尝著名的水煮鱼。

教授太太　你不是外国人？

教　　授　在伦敦我是。我对这个国家有各种怀念和不满，我清楚我距离这个国家万里迢遥。一旦回到中国，我发现，我所有的愤恨、不满、批评和质疑都源于我身在其中。我拿不出国籍、护照我也在其中。我从未离开过。

——《城市启示录》

工作室门窗紧闭，助理和四个记者都在。四个记者中，一个是北京的媒体，另三个分别是南京、上海、广州驻北京记者站的大拿。余松坡进去时，他们正在比较四座城市雾霾的异同。北京的雾霾当然拔得头筹，味道醇厚，堪比老汤。南京媒体的记者不服，他们的雾霾最有特色，出现了玫红色的新款。满世界都是性感、暧昧的玫红色，你们见过吗？上海的记者想不起玫红是哪一种颜色，广州的记者说，洗头房去过没？大白天也开着的那种灯光。大家就笑。圈子就这么大，文艺口的记者都熟。余松坡的助理很敬业，刷微信看观众对新戏的反映，刷到了南京的玫红色雾霾。

“都别嘚瑟了，专家发话了。”助理捧着 iPhone 说，“某教授表示，雾霾只有灰白褐三种颜色，该玫红色的异常状况应是雾霾与傍晚霞光结合的结果，并非特殊污染造成的，不必紧张。”

“屁话！”广州的记者说，“灰白褐三色就不用紧张了？”

“安静，得和余老师谈正事了。”上海的记者说。

他们都看到有关媒体和网上的消息了，他们也明白余松坡助理约他们采访的意图何在。来工作室之前，红包已经到了他们的账上。

助理说：“媒体就是替人说话。关键是替谁说，怎么说。”他想以此暗示余松坡，都搞定了，放心说吧。

余松坡摸着喉咙处的创可贴，开口说的却是早上玻璃被砸的事："你们真觉得《城市启示录》这部戏犯了众怒？"

四名记者揪胡子的揪胡子，拽头发的拽头发，指头上转自来水笔的转自来水笔，四人互相看看，撇撇嘴。北京的记者说：

"余导，说实话，我都没觉得这是个事儿。戏演得再好，也会有人心里不舒坦。"

"这不是常规的艺术批评。"余松坡说。是什么，他也说不清楚。

戏里一个满肚子城市知识的教授从伦敦回来，要在国内做个课题，世界城市的比较研究。他待过全世界的很多城市，从市容市貌、历史沿革、风土人情，一直到交通、下水道系统和社会各阶层的生活状态，都有深入的研究。关于伦敦、巴黎和纽约、芝加哥的比较研究，就写出了三本书，在国际学术界颇有些影响。这些年，北京这个"庞大固埃"成为新兴国际大都市的样板，年逾半百的华裔英国教授一拍桌子，后半生研究的重心，就它了。以他搜集的材料，作为一个国际大都市的北京，实在充满了难以想象的活力与无限之可能性。该华裔教授上个世纪八十年代初出国留学，学成后去了南非开普敦的一所大学任教，后来辗转欧美诸国家，最终落脚在伦敦一所名校。

有意思的是，该教授出国三十多年只回来过三次。一次是父亲过世。父亲去世后，他就把母亲接到了国外，母亲很快也过世了。一次是看到大学时的初恋情人的老公因经济问题犯了事，跳楼自杀，他专程回来安慰。结果如他所料，他没能把初恋情人带到苏格兰（当时他在爱丁堡教书）。第三次,回国参加国际研讨会。所谓国际，就是因为请到了他和一个在哥伦比亚大学做访问学者的浙江某大学的教授，其他都是国内的学者。到了武汉他才明白，为什么主办方千方百计邀请他来，不惜给他订了头等舱。他参加过无数次国际会议，头一次坐上头等舱。那一次回国距今也有十来年了。他记得会议上教授们谈得最多的不是北京上海等大城市的改造，而是千禧年。中国人对千禧年充满了真诚的神往，似乎新年的钟声一敲响，一个美丽新世界就会自动来临。

更有意思的是，此次与教授同行的还有他十九岁的儿子，比他小十五岁的生于法兰克福的洋媳妇，以及他儿子的宠物，一只比巴掌大不了多少的小猴子。

问题就出在猴子身上。猴子能说人话，或者说，他儿子能听懂猴话。而这猴子有个特异功能，对所有奇怪的气味都敏感。该猴子是从印度加尔各答带到英国的。

当时教授刚和前妻离婚，孩子判给自己，他去德里开会，只能把儿子也带上，开会时让他在酒店里打游戏、看电视里的动物世界频道。会议结束，爷儿俩顺便去其他城市转了一圈。在加尔各答的马路边上，儿子尿急，学印度人踱到路边，背对行人尿了起来。尿了半截觉得有人拽他裤腿，低头看见一只巴掌大的袖珍猴子作揖一般抻着他裤角。儿子嘘嘘地让它走，猴子不走，干脆抱上了他脚脖子。可那小东西两只细胳膊太短，抱不过来，好不容易抱上了就往下出溜，但依然顽强地一遍遍抱。儿子从小喜欢动物，任它抱，断断续续尿完了，伸手把猴子抱了起来。

教授不愿意儿子跟动物接触，卫生是个问题，在酒店里刷牙，他都让儿子用瓶装矿泉水。可儿子喜欢，那小东西实在可爱，小巧玲珑，被儿子捧在手心里时，它就一根根梳理摩挲儿子的手指，摸完一根抬头对儿子笑一下。儿子欢喜得眼泪都快下来了，要带走，收养。生抢下来肯定行不通。教授刚离婚，在法庭上信誓旦旦要对儿子好，他也的确希望儿子哪哪儿都满意。就想了一招儿，问周围人，猴子谁家的。人说，野生的，四海为家。儿子更开心了。教授又想了一着，到检疫部门鉴定，但凡有一点毛病，就以医学的名义拒绝儿子。这么干很堂皇。八岁的儿子天天跟他讲科学，那他就得在日常生活中将科学精神贯彻到底。打车直奔卫生检疫站，儿子又胜了。啥毛病没有，该猴子纯洁得跟刚出生时一样。

接下来是能否收养为宠物的问题。这个没人管，野生的猴子多的是，带走一只不少，留下一只不多，只要你善待它，也是功德一桩。满街的猴子经常饿得嗷嗷地叫。既然孩子这么喜欢，您看这小东西又这么腻着您儿子，就收了吧。最后一关，希望飞机上别让托运，阿弥陀佛。教授咨询航空公司时，电话的免提开着。儿子有知情权。人家说得很清楚，只要各种手续齐全，托运两头大象也没问题。所谓手续，也就是卫生检疫证明，所有权证明，委托一家宠物服务中心托运，付足够的费用，你想把它送到哪儿就送到哪儿。教授一屁股坐到沙发里。在沙发的另一头，儿子跳起来，抱着猴子直亲，说：

"儿子，咱爷儿俩成功啦！爸爸带你回家！"

回到英国的这些年，儿子只负责节假日回家时跟猴子玩，其他时间都是教授在养着。儿子高中住校，逢上教授出差开会，要么把猴子寄养在朋友家，要么就随身携带，每次坐飞机都要为它走一遍繁复的手续。没办法，他答应了儿子，要照顾好"孙子"。有一回去爱丁堡大学开会，想着明天就回来，把猴子放在家里，笼子里添了足够的食物和水。第二天打开门，小东西破解了笼子上的密码锁，自己给了自己自由，把他书架里所有涉及城市下水道、垃圾整治等方面的书籍全弄到了地板上，跟城市不太和谐的气味相关的图片都撕了下来，扔进了教授的字纸篓里。就是从这次开始,教授不敢再把“孙子”单独留在家里；也是从这次开始，他发现，这小东西对味道极其敏感。每次出门，它都会提前很长时间对一些有强烈味道的地方做出预测，吱吱哇哇地叫。它叫唤的是什么，教授听不懂；但儿子能听懂，可以准确地给他翻译出来。比如：前面有家香水店；不能再走了，垃圾场到了；我们停下车准备吃午饭吧，附近有家不错的餐馆；拐个弯就该有一群女人，脂粉味冲天。

教授问儿子如何弄明白的，儿子说，看口型啊。跟它在一起时间久了，认真观察它的口型和表情，再结合当时语境，基本上就判断出来它在说什么了。再假以时日，对口型熟了，对声音也就熟了，只听声音就知道它说的是啥。必须承认,儿子有道理,符合语言的认知规律。也因此，教授一直善待猴子。中国的名著《西游记》中，孙悟空的原型就该是在印度，所以是佛缘。既是如此重大的缘分，须当持守，也是他确证儿子优秀的依据。

这些年，猴子就没怎么长大，不知道是品种原因，还是小东西像《铁皮鼓》里的奥斯卡一样拒绝长大。现在，来到中国，教授他们穿行在北京的大街小巷时，小猴子如果不愿意到处看东洋景，就从小爸爸、老爷爷和小奶奶的肩膀上跳下来，轮流钻进他们的口袋里睡大觉。

这一天，教授借口会朋友，不能陪儿子和小媳妇去国家大剧院看演出。俄罗斯某军乐团来了，将演奏一大批苏俄歌曲。看演出本是教授的主意，一听《莫斯科郊外的晚上》《三套车》和《红莓花儿开》，无限的历史乡愁就被勾出来了，他是唱着苏联老大哥的这些歌曲长大的。但临时有了意外，他通过朋友约到了初恋情人，初恋情人突然来了消息，只有今天有空，明天就要出远门。过这村就没这个店了，教授当机立断，嘱咐儿子用上磕磕绊绊的汉语，在大剧院门口把他的票转手。他把猴子装进口袋，去小月河会初恋情人。

小月河在哪儿他完全没概念，坐在出租车里随司机拉。突然，小猴子从风衣口袋里钻出来，跳到他肩膀上，龇牙咧嘴大喊大叫，表情和声音里既有痛苦也有兴奋。出租司机吓了一跳，想踩刹车踩到了油门上，车跑得更快了。小猴子叫得也更厉害。教授听不懂，看着猴子着急他也着急。司机说，再有三分钟就到小月河。猴子的表现看上去等不了三分钟。教授给儿子打电话，对方刚和小洋后妈把票卖掉，正数着人民币呢。儿子开心得好像这钱是他勤工俭学挣来的。儿子在电话里听了半分钟，说：

“没事，爸，汤姆觉得它到印度了；但眼前的景物明显又不是印度，它就纠结了。它弄不明白，着急。汤姆在抓耳挠腮吧？它说它闻到了拥挤、颓废、浓郁的荷尔蒙，旺盛的力比多，繁茂的烟火气，野心勃勃、勾心斗角，倾轧、浑浊、脏乱差的味儿。汤姆很激动。”

“那怎么办？”教授问。

“爸，您这是去哪儿？情况听起来有点复杂。”

“我哪知道，就约的这地方。”

“噢，您说小月河？”胖司机扭头说，“一个城中村，租房的年轻人特别多。”

儿子在那头听见了，在电话里让教授把手机调到“扬声”模式，他要跟汤姆谈谈。谈的啥教授完全听不懂，也是叽哩哇啦、吱吱嘎嘎，但立竿见影，小猴子不闹了，而是双手合十，神往地看着教授。儿子在电话里又变回人话：

“没事了，爸。”

“就这么妥了？”教授盯着小猴子，细微的双眼皮都看得见。

“搞定。”儿子说。

轮到司机傻眼了，这种事他没见过。车重新开动。小猴子汤姆端坐在教授肩膀上，穿过车前挡风玻璃往前看，一脸神往的表情。

忘了说，小猴子叫汤姆，教授儿子给取的名字。取完名字了，他跟他爸说："以后汤姆就是您的孙子了。"

这里还有个技术问题：在舞台上当然没法真装着一只袖珍的小猴子，抱上去它也不听你使唤。小汤姆是个仿真的电子产品，内置一套程序，给它穿的小衣服有一排绿豆大的纽扣，众纽扣各司其职，摁这个它吱哇乱叫，摁那个它活蹦乱跳，摁第三个它开始变换各种表情。有控制声音的，有控制头部的，有控制上身的，有控制两条腿的。在当下相对现实主义的舞台剧中，高科技的使用主要集中在舞台设置的声光电方面，把一个电动的玩意儿弄上场，的确不是很多。小汤姆的角色设置，在现有的报道和剧评中，也是该剧的亮点之一。

也因此，力挺此剧的评论者认为，海归导演余松坡视野之开阔，思虑之开放与活跃，是绝大多数本土导演不具备的。这些评论者却忘了一个背景，余松坡在此之前一直是个劲头十足的先锋戏剧导演，让只猴子上场，算不得多大的创意。真正的创意在于，如何把稍显魔幻的这部分与无边的现实主义融合在一起，让二者相得益彰。当然，这是另一个问题。还说小猴子汤姆。

话说教授带着小猴子汤姆来到小月河，按照初恋情人的指示，穿过一片贴满各种租赁广告、办假证广告和稀奇古怪的留言纸条的低矮破旧的筒子楼和老平房，来到河边的一家咖啡馆里。满满的人，以对坐的年轻男女为主，教授一眼看到了初恋情人，在东南角昏暗的角落里孤寂地独坐，双手捧一杯红茶在转，看着窗外河边的柳树。还是老样子，一点儿不像奔六十的人，教授为自己多年痴心不改暗暗有了些小得意：美人总不迟暮。他把小猴子装进口袋，扣上扣子，以免它待烦了突然冒出来吓着心上人。

教授走过来，打招呼，坐定，舞台的灯光聚到他们身上。教授心中一凛，刚才昏暗欺骗了他。现在光线暴露了对方的憔悴和苍老，年龄像年轮一样潜伏在初恋情人的皮肤之下，成为若隐若现的皱纹，粉底和淡淡的胭脂与口红也掩盖不了。上次见面，因为丈夫刚过世，她的憔悴别有一番风味，那是新寡之人苍凉的妩媚和性感；而今，憔悴实实在在地在她脸上驻扎下来，成为五官和表情内在的一部分。憔悴进化成了衰老。她笑一笑，非常抱歉约到这里，只有这个时段有空，待会儿她要去收房租。丈夫的自杀也算及时，留下了几套房子，要不她娘儿俩这些年真不知道如何撑下来。经济案子多半如此，人死了，能不追究就不追究，睁一只眼闭一只眼，让活人继续活下去。

他们在舞台上交谈，说什么听不见。时光沉默着流逝。我们看见教授的左手伸出去想抓住初恋情人右手的同时，他的右手一下子捂住了风衣口袋。口袋在动。

初恋情人问："什么声音？"

教授说："年轻人在谈情说爱。"

他的右手像拍婴儿睡觉一样温柔地起落，成功地安抚了小汤姆，口袋安静下来。舞台也安静下来。

突然，随着一声诡异的尖叫，小汤姆从教授的口袋里钻了出来。这个聪明的小东西，悄没声息地把扣子给解开了。它的尖叫里带着解放和自由的快意，饱含着奔赴新生活的激情。它跳下地，横穿舞台，横穿拥挤喧嚣的咖啡馆，奔向了下一个场景。

"就谈谈这只猴子。"南京的记者说。

几个记者在助理的启发下，提前做了分工。大家集体为剧中争议部分平反，策划的痕迹就太重了，傻子也明白怎么回事。有专注平反的，有阐发其余部分的，多角度呈现倒显得客观。起码之前是这么商定的。

那么，它是一只什么样的猴子呢？记者做过功课，世界上最小的猴子叫侏儒狨。这种世界上最小的灵长类动物主要生活在巴西西部、哥伦比亚南部、厄瓜多尔东部和秘鲁东部的雨林中，体长约十四到十六厘米，雄性重约一百四十克，雌性一百二十克。这种小东西成年了也只有一个成年人的中指那么长，新生的侏儒狨只有三厘米，整天在热带雨林或热带草原的树冠上活动，一般不到地面上来。吃水果、坚果和其他植物性食物，也吃昆虫、蜘蛛、青蛙、小蜥蜴和鸟蛋等食物。在野生环境里，它们喜欢互相抓虱子吃；最大的敌人是鸟。

汤姆不是侏儒狨，侏儒狨到了北京可能活不下去，单雾霾这一条也得把它袖珍的小肺呛坏了。侏儒狨也没有汤姆个头大。

“你可以认为，汤姆是一只超现实的猴子。”余松坡说。此刻，他的确更愿意谈些艺术本身的问题，“或者说，一只魔幻现实主义的猴子。一只艺术的猴子。”

在一部现实主义戏剧中嵌入这样一只猴子，对余松坡不是问题。在美国的那些年，多离谱的事儿他都干过，他的前卫和实验性在国际戏剧界也博得了相当的名声。行话说，算“挺大的一号”。每年他带着团队在世界各大戏剧节和剧院里巡回演出。有一年，单德国慕尼黑和荷兰鹿特丹就分别去了八次。余松坡最著名的一部先锋剧叫《沉默者说》，全剧三个半小时，演员上上下下二十一人，从头至尾任何人都没说过一句话。有自然之声，风雨雷电；有日常之声，拖动桌椅，放下杯子，笔尖划过纸面，鞋底磕响地板，开灯关灯，咳嗽、打喷嚏、哈欠和呼噜，电话铃声（但电话拿起来双方都没说话），甚至见到爱人时心跳加速的声音，人就是不说话。据说该剧赢得满堂彩，被戏剧界认为是言简意丰、最大限度张扬身体语言、经营人与环境关系的相互发明以及极好地实现了跨语言、跨文化交流的典范。

“您不担心这只超现实的猴子会对现实主义的观众造成审美上的冒犯？”南京记者问。

“从不担心。”余松坡说，“观众的审美是被建构出来的。有什么样的艺术就会有什么样的审美。不要低估观众的智商。”

“包括对‘蚁族’的看法？”南京记者忍不住插了一句。

“这是另一个问题。”助理及时打断记者，“问题尽可能集中一些。”

余松坡摆摆手，既然回避不了，那就要勇敢面对。“那是现场的应激反应和看法，我尊重演员的真实体验。当然，我必须承认，我的考虑欠周全。”余松坡向助理要了一根烟。他只在焦虑和困乏的时候才抽烟，“我的艺术更愿意探索和呈现某种可能性，而非必然性。尤其事关现实的结论。”

“嗯，观众的确接受了一只超现实的猴子。”南京记者笑了笑，把话题重新带了回来，“在戏里，这只猴子毫不违和，它符合逻辑。”

然后，他们就戏剧中现实问题的超现实处理作了问答与交流。既是现实问题，也是艺术问题。余松坡也在中外戏剧史的谱系上谈到《城市启示录》的创作心得，一点不避讳它的潜文本和前文本。艺术薪火相传，谁也没法像齐天大圣那样，凭空从石头缝里蹦出来。

让小猴子汤姆奔向下一幕剧情吧。

广州的记者有洁癖，小伙子来北京驻站不久，还没来得及习惯首都特色的雾霾。从进入工作室，他就通过不同方式来查验早上刚穿的白衬衫脏了多少。他后悔忘了戴围巾，露在空气中的白衬衫领子太不耐脏。他又痛骂北京的交通，出门时赶上早高峰，在路边站了半小时没打到车，只好一路跑过来，雾霾全上了领子。他低头把衬衫领子拉出来看，用手机自拍功能照出来看，让同行们看，说出衣领与他衬衫原色之间的差别。他咬牙切齿地说，依他的意见，这部戏对现实的呈现与追问还可以再深入。比如，雾霾，把该死的雾霾大演特演、大批特批一番。如果小猴子得了急性“雾霾肺”会怎样？就像矿工得了“硒肺”“尘肺”那样的病。

当然，这只是牢骚。发泄完了，广州记者重新恢复了一个记者的理性。他感兴趣的问题是，鉴于余导多年来游历世界各大城市的经验，北京这个国际化大都市与众多城市相比，其独特性在哪里？这是一个专业的社会学问题，应该把剧中的教授请出来好好谈谈。余松坡正想让他换一个话题，广州记者“嘿嘿”一笑，他的研究生是在布鲁塞尔自由大学念的，专业是欧洲一体化及发展。念书期间他忙里偷闲，把欧洲各大城市顺道逛了个遍。余松坡明白了，记者先生并不是真要领受他对北京这座城市的高见，他不过想从一个同样有过海外生活经验的戏剧导演那里，确证自己对这城市的看法。就像刚刚让同行们比较他白衬衫雾霾前后的差异，是否与他看见的一样。余松坡稍稍有些失望，该记者应该不是那所大学优秀的毕业生，但他还是努力谈好自己对北京的认识。恰恰是这样的记者，你更需要用强悍有力的观点征服他。

“北京并不具有自足的城市性，在我看来。”余松坡从办公桌上拿过地球仪，放到他们几个人环绕着的茶几上。他缓慢地转动地球仪，几乎不拿眼睛看，手指就准确地落在他要指点的几座城市上：巴黎，伦敦，纽约等等。“这些城市，它们都镶嵌在各自辽阔的国土之中，但它们的城市性是自足的。其自足体现在，你可以把这些城市从版图中抠出来单独打量，这些城市的特性不会因为脱离周边更广阔的土地而有多大的改变：伦敦依然还是伦敦，巴黎依旧还是巴黎，纽约也照样是纽约。它们没有更多，也没有更少，作为国际化大都市，它们超级稳定。”

“人口的流动和政治经济文化的发展改变不了它们既有的复杂性和完整性？”

“没错。它们进入了稳定、饱和、自足的城市形态。”

“那北京呢？”

“你无法把北京从一个乡土中国的版图中抠出来独立考察，北京是个被更广大的乡村和野地包围着的北京，尽管现在中国的城市化像打了鸡血一路狂奔。城市化远未完成，中国距离一个真正的现代国家也还有相当长一段路要走。一个真实的北京，不管它如何繁华富丽，路有多宽，楼有多高，地铁有多快，交通有多堵，奢侈品名牌店有多密集，有钱人生活有多风光，这些都只是浮华的那一部分，还有一个更深广的、沉默地运行着的部分，那才是这个城市的基座。一个乡土的基座。”

“您的意思是，”广州记者稍稍显出不安，“当你把北京从中国地图中拎起来考量时，那个乡土的基座就会从一个貌似圆满的城市整体中掉落下来？”

“差不多这个意思。一座城市的复杂性，除了受到大家都能意会的那个相对抽象的政治、经济、文化的复杂性制约外，更要受这个城市人口构成的复杂性制约。他们的阶级、阶层分布，教育背景，文化差异，他们千差万别的来路与去路。”

余松坡觉得说到这里应当结束了，差不多就这个意思。广州记者脸涨得微红，这个答案超出了他的预期，但他还是搓着手连连点头：“余老师，您说得对。我知道该怎么写了。”然后咂吧一下嘴，两手对拍，“还有一个请求，我想再看一遍这部戏。”

助理知道事又成了一桩：“每一场都欢迎兄弟你来。”

“我有一个疑问，”上海的记者习惯性地举起手，“既然余老师对北京乃至中国的复杂性有如此深刻的认识，何以会在戏中出现如此低级的错误？”

“是疏忽。”助理纠正说，“且是戏里人物的观点。”

“所有人物的观点说到底都是导演的观点。”上海记者说。演第一场可以算疏忽，演第二场也可以算疏忽，到第三场台词还不改，就不能简单地算作疏忽了吧？

“李先生所言极是。”余松坡不打算推卸责任。戏是自己的，剧本也是自己参与创作的，打碎牙齿只能往自己肚子里咽。

那只猴子啊，穿过咖啡馆，贴着马路牙子一路飞奔，完全无视行人的尖叫与狂喜。它以回故乡的自信和轻车熟路直奔最热闹的出租屋。当它来到那些出租屋，东闻西嗅嗷嗷大叫时，教授气喘吁吁地赶到。他潦草地看了一下出租屋里卑微拥挤的年轻人的生活，悲哀、心痛和怒其不争瞬间占领了他的光脑门，那些台词完全是先于理性自行从唇齿之间奔涌而出。

“这样的生活有什么意义？”教授茫然地说，然后转向刚赶上来的房东，他的初恋情人，说，“他们待在这地方干什么？”没等初恋情人回答，他又愤怒地质问一个正在楼道里烧菜的姑娘，“你们为什么待在这地方？”

按照剧情，烧菜的女孩面对质问一脸的诧异，继而羞怯和悲伤。一定是教授勾起了她的伤心事，辛酸艰难的奋斗史纷至沓来，突然她双手掩面，大放悲声。

教授说：“你们啊——”

假如教授把这句话说完，且表情与当时的鄙夷与愤怒相反，接下来的事儿就不会有了。偏偏教授的台词只有意味深长的三个字，后面漫长的语调里观众可以随意填空，而对照他的表情，观众只可能填出同一种意思：那就是对年轻人，准确地说，对“蚁族”年轻人的轻蔑与不信任。

然后就炸开了锅。先是在网络上传播，批评，非议，教授的台词、表情都被搬到了网上，甚至有人截了一段视频录像放到了网上。但凡在网上断章取义地看过教授的台词和“政治不正确”的表情，几乎都众口一词地站在了该戏的对立面。网络上个体暴动之后，蔓延到平面媒体，一下子变成了公共事件。这还不算完，最近一次演出有了新情况，五个观众中途退场表达愤怒，还有一个后排的年轻人当时就举手表示反对，因为工作人员及时劝阻，才没有影响演出的正常进行。

补救的思路很清晰：一，修改台词；二，改正演员的表情；三，赢得舆论的理解和支持。通常应该是三最难，嘴长在别人身上；没想到却是，二最麻烦。饰演教授的男一号在话剧界口碑挺好，实力派的好演员，但他偏偏对“蚁族”抱有成见。原因是他儿子叛逆，先是不学好，念了一个他不满意的大学，工作也是他看不上的。最近更闹心，小东西谈了一个偏远山区来的女朋友，门不当户不对且不提，长相在他和老婆这里都不过关，用他老婆极端的说法：除了性别女，一无是处。但儿子就对上眼儿了，非她不要，跟老两口闹，断绝关系也在所不惜。罢罢罢，他和老婆决定釜底抽薪，断了儿子财路再说，坚决不给一分钱支持。儿子和女朋友倒也硬气，不给拉倒，两人紧急降低生活标准，与另一对同居的年轻人合租了一个两居室，厨房卫生间公用。改了台词男一号没办法，导演说了算；但他表情过不去，一到那一段情绪就搂不住，就像看见了儿子和他非法的女朋友，那张脸立马复杂了。

余松坡还真不好说，那么好的演员，情绪到了那里形之于色，也算入了戏。入戏你还怎么说？备胎？没有。在此之前，余松坡就是个小众导演，说票房毒药也不算冤枉，好几出实验戏里，演员唯一的报酬就是下了舞台的那一份盒饭。哪有闲钱给演员找备胎？

尊重演员的创作，是余松坡的艺术理念之一，多少年里他都视之为先锋戏剧活力的一个源头。不到万不得已他不能坏了自己的规矩。助理建议，要不“蚁族”那一段弱化或者干脆删除，让男一号顺利通过。余松坡不答应，推动这个城市的沙盘流动运行的就是这群无名的年轻人，忽略掉他们，此戏等于天缺一角。

“要是猴子不往这地方跑，或者干脆也把猴子给删了，是不是免掉了给观众们的暗示？”助理又提议。

“除非戏不演了。”余松坡断然拒绝。人物可以省掉一两个，猴子必须在。在这部“启示录”里，叫汤姆的哪里是猴子，它是个先知。

只能努力跟媒体打好交道了。

“我很喜欢小猴子引领教授到合租房的那一段。”上海来的李记者说，“刚毕业在上海，我过的和他们一样的日子。还不如他们。上海极少有人住地下室，但我住。几个朋友租了人家的储藏间，拉了几张床进去，就开张了。一住就两年多。出门挤地铁，回来就进地下室，一天见不着半小时的阳光，差点得了忧郁症。”

“所以，其实你也是反对派。”余松坡说。

“如果您不介意的话。”

“没问题，畅所欲言。就你的经验，那一段是否可以再完善？比如，房间里的故事或者细节？”

“余老师您是在开玩笑？”上海记者说。

助理和其他三位记者也有点蒙。

“这像开玩笑的天气吗？”余松坡适时地笑起来，以示他的放松和认真，“首要的是艺术。其他的再说。”

在舞台设计上，余松坡确实觉得出租屋那一场戏的冲击力可以再加码。在现实主义的叙述框架下，有时候要以少胜多，有时候又必须把它做满，繁复客观到让观众第一眼就能回到日常生活的现场。

现在舞台上只有象征性的两间房子，每间屋被一道布帘隔开，帘子左右各有一张高低床。每个铺上睡一到两个人。这还不够。拥挤有了，贫困有了，压抑和焦虑没出来，更复杂的情绪和状态没出来。罗龙河给他提供过一个细节。刚毕业时罗龙河与同学合租一间房子，也是一个布帘隔成两个世界。同学的女朋友隔三岔五会来过夜，他们在罗龙河的帘子对面做爱。开始几次还矜持收敛，女孩忍着不出声，后来习惯了，每一场都山呼海啸，如入无人之境。事情做完了，他们呼呼睡去，罗龙河却觉得布帘子还在抖。余松坡问他在特殊声响下有何感受，罗龙河说：“想挠墙。”

上海记者有保留地赞同余松坡的想法。单向度地加码固然能够形成巨大的冲击力，却在存在伤害复杂性的危险。他认为“蚁族”是个相当复杂的社会现象，三言两语、三两个场景是说不明白的。

“住地下室的最后一个月，一个室友离开了。”上海记者说，“这事对我的刺激有点大。您别误会，不是死。他熬不住了，看不到希望，回老家了。”

那哥们儿是晚上九点多的火车，七点钟他从外面回来，带了两瓶白酒和七八个小菜，招呼挤在地下室的朋友们一起聚聚。都以为他升职了、涨工资了、中彩票了，或者终于有女孩看上他了；为他高兴，放开来喝。到八点半，突然发现请客的家伙已经有阵子不在了，去他房间看，床铺上空空荡荡。赶紧拨他手机，对方在火车站，电话里一片红尘滚滚的喧嚣，正检票上车。

“为什么不提前告诉我们？”

“不想让大家送，怕那场面受不了。”那哥们儿在火车站里说，“祝兄弟们好运。再见。”

再见就是再也不见。请客的挂了电话，地下室里哭成一片。第二天一早，上海记者从地下室里搬了出来。站在上海滩明亮的阳光里，他闭上眼，热泪长流。他也不知道该去哪里。他唯一知道的是，如果一直待在地下室，他可能永远不知道该去哪里。

“这些年一直忘不了那哥们儿。”上海记者说，“我很感激他。”

的确是非常好的故事，放进去有助于戏的丰富饱满。可是任何一部戏都无法包罗万象，细节多了能胀坏故事，故事多了也会把一部好戏胀死。北京的记者反对面面俱到。

“我们是在传经布道吗？”他说，“如果不是，为什么非得让这戏每一点都向真理看齐？很多人不是觉得出租屋那段有问题吗，要我说，让他们批去，火力越猛越好，越多越好。如果一部戏演得四平八稳，连个下嘴找骂的地方都没有，离死也就不远了。我想，余导肯定也不想要这样的结果。大家不是看到那地方就跳脚吗？索性让他们跳得再高一点儿！叫好和叫骂对一部戏结果其实是一样的，票房上去了才是硬道理。余导，咱别装。”

另外三个记者面面相觑。

“别弄得自己跟个处女似的，”北京记者说，“这道理你们谁不懂？”

助理赶紧打圆场。此事从长计议，慢慢谈，就不耽误几位记者大人的时间了，有疑问电话里再联系。把记者们送到门口时，他拽了拽北京记者的衣角，稍等，借一步说话。

二十九岁的助理是个老北京，如果他不拿出南京某大学电影学专业的硕士文凭，余松坡会以为他是社会这所大学里毕业的。小伙子实在太世故了，时髦的说法是情商高，为人处世如蜜里调油，那个老练，让余松坡惊讶。当初朋友向他推荐人选，余松坡见第一面就不喜欢，第一个否掉的就是此人。但朋友说，余松坡在国外二十年待傻了，不知道国内世道人心变化之剧烈，倘若游戏都还按规则来，他最终看到的结果可能都是“Game Over”。得有个人时时为他讲解一下规则之外的规则或者说新规则、潜规则。小萨是最佳人选。

小萨，萨玉宁。

第二次见萨玉宁是在饭桌上，余松坡请朋友的客，萨玉宁又被带来了，接受第二轮面试。他们吃傣家菜，买单时服务员问是否有会员卡，可打八八折。这点折扣余松坡没当回事，现办卡又显得小气，就让直接刷信用卡。萨玉宁止住了，他想办张会员卡，这馆子菜地道。现场办理。卡拿到后，萨玉宁递给余松坡，反正有优惠卡，不用白不用。余松坡觉得这小子有点道行，事情做得好看。先留下吧。事实证明，此后一系列业务上的联系，萨玉宁思虑相当周全，总能把余松坡能力之外、底线之内的事情做得圆润和体面。约见四个记者就是他的主意。

三个人重新围坐茶几前说话。

萨助理说：“兄弟，把刚才的话说完。”

北京记者看看余松坡。

余松坡递给他一根烟。

“该说的已经说完了。”北京记者的烟圈吐得很圆，“就那么点意思：白猫黑猫，逮到老鼠就是好猫。”

成功没那么容易，尤其在今天这种发达的传媒时代，争议比赞美更具有广告价值。他把话说得相当直白。据他所知，余导回国后的几出戏里，《城市启示录》的影响最大，上座率也是最高。因为蚁族那一段，在大街随便抓一个年轻人，可能都听说过一点；但你要让他们报一下余导演之前的戏名，怕没几个人能报出其中任何一部。那几出戏业界动辄高潮了一般叫好，有用吗？出了人艺小剧场没人知道余松坡是谁。排下一部戏，还得求爷爷告奶奶四处找投资拉赞助，热脸贴人家冷屁股，赏几文钱还要看那天是否阳光灿烂、人家心情怎么样。一出如此，出出如此。就这么清高和阳春白雪下去，就这么爱惜羽毛下去，直至饿死拉倒。为什么就不能换个思路，先把名头给弄起来？名头大了，有的是追着你送钱的；名头越大，追你的人就越多，赶都赶不走。到那时候你就是拿一部天书当本子来排，观众也排着长队去买票，还争着说看明白了，排得真好。你以为那些整天文艺来文艺去的装逼犯们，真懂啥叫审美啊？

“以老兄的高见，该怎么做？”萨助理问。

北京记者两个嘴角冒出了白沫。“让教授把话说得再难听点，脸拉得再难看点。一竿子支到底。”

“砸了场子怎么办？”

“真砸了，余老师就是全中国最有名的导演了。”

要是跟前有面镜子，余松坡会发现，刚刚自己的脸色是红的，现在白了。萨助理送记者出门时他坐着没动，又点上一根烟。三分钟后萨助理回来说：

“余老师，这不叫庸俗，这叫成功学。咱们不是不可以考虑。您认为呢？”

5.

终于能坐到飘窗前喝口水，罗冬雨抱着她的大脸猫瓷杯子

教　　授　打一辆奔驰黑车，坐得还真有点不踏实。

司　　机　您就放一百个宽心。黑车也是车，奔驰照样能跑出租。

教　　授　犯不着啊你。

司　　机　嗨，闲着也闲着，您让我别的干吗？老房子拆迁，一个院儿呢，上下补了我们家九套房子，老头老太都算上，每人住两套还剩下一个三居室呢。怎么办？该卖的卖，该租的租。种菜的地儿也没了，又没像样的工作，可不就得瞎找点活儿干么。不瞒您，真不差钱，大奔咱买得起，跑个黑出租，挣您那仨瓜俩枣的，不够两顿麦当劳钱，不就图个乐嘛。起码咱没坐吃山空，咱在行动嘛。

［十字路口。红灯。一擦挡风玻璃的中年男人一手喷壶一手抹布，没征得同意就喷水擦起来。

司　　机　嘿嘿嘿，我说哥儿们，你这么勤快嫂子知道吗？

擦 车 工　老板，不贵，就五块钱。玻璃干净了，看路清楚，开车更安全。

司　　机　（转向教授）这帮孙子。穷得只能干这个，你都不忍心不让他干。（对擦车工）好了，哥，别擦了。十块钱，别找了。

教　　授　（降下窗玻璃）这位大哥，你怎么想起来干这个？

擦 车 工　两位老板见笑了。前些年在城里打工，没弄出啥名堂。干不动了，回农村老家，土地又没了，流转出去了，想做回个农民也没机会了。不能吃白食啊，这不又进城了。没啥技术，凑合着挣口饭吃呗。谢谢老板。灯绿了，老板一路平安。

——《城市启示录》

终于能坐到飘窗前喝口水，罗冬雨抱着她的大脸猫瓷杯子，看见四环辅路上发生了一起车祸。其实雾霾稠得像刚冲好的芝麻糊，还冒着热气，她根据的是骤然响起来的喇叭声。一辆车摁喇叭，两辆车摁，一百辆车摁喇叭，无数辆车摁喇叭，整个北京城的喇叭都响起来。这个城市向来如此，但凡有点风吹草动，下个雨、刮个风、落个雪，来点沙尘暴、雾霾或者出个车祸，整个城市就乱了。喇叭气急败坏地响，代替那些一肚子邪火的司机骂娘。此外就是恍恍惚惚闪动的警车车灯。惊心动魄的红蓝两色几乎被雾霾淹没了。看不见也是车祸，这个基本的经验她还有。来北京有些年头了，她还是喜欢不起来北京的白天，白天里她是一个气喘吁吁的城市，肥胖，臃肿。

她更喜欢夜晚的北京。沸腾的水止息了，热还在，车辆和行人沉默着往家赶。地铁到站，载上乘客，继续出发，大家看各自的手机，听各自的音乐，发各自的呆，聊天也压低了声音。夜晚的北京就是一个满腹心事的沉默的老人。声音是内在的，即使所有车辆和行人在同一时刻全部停下，她也能听见这个城市回荡着轻柔的低频率动。

正因为喜欢夜晚，在医院做护工时她尽量挑夜班。白天睡足了，夜间她可以眼都不眨地把病人守到天亮。

祁好待产时，要的就是这样的人。她是大龄产妇，妊娠期间查出一堆毛病，要在别人，医生就建议这孕别怀了，但祁好坚持要。就因为大龄才更得要，有花堪折直须折，莫待无花空折枝。越想要越担心，睡着了就做噩梦，护工半夜里的作用就显出来了。罗冬雨一直守在床边，盯住祁好的脸，一旦她表情有变，眼珠子在眼皮后面翻滚，就及时叫醒她。“祁老师，该喝点水了。祁老师，要不要加点营养？”她从来不说祁老师您又做噩梦了。象征性地喝两口水，祁好再睡，睡着之前罗冬雨握着她的手。

预产期前两周，祁好梦见一个没有脸的女孩从她肚脐眼里钻出来，将醒未醒之际被罗冬雨叫醒。她把噩梦告诉了罗冬雨。罗冬雨说常有的事，她看护过的孕妇三分之一做过类似的梦。她妈当年生罗龙河时也梦过，一个没有五官的男孩从肚脐眼里生出来。老家的做法，剪两朵红花放进鞋里，踩着花左右脚各走六步，必定逢凶化吉。她找来祁好看过的一本时尚杂志，撕下印有红色旗袍广告的那页，剪出两朵富丽的牡丹花，放进祁好的拖鞋里，扶她下床。

走六步正好到窗边。十五楼的窗外是北京的后半夜，祁好觉得自己悬浮在一片浩瀚的高楼与灯火丛林的半空中，她摸着已经挺到极限的大肚子，感到了巨大的孤独和忧伤。这是她决定和余松坡回国的原因。在纽约，夜半一个人穿行在曼哈顿峡谷一般的街道上，她从来没有孤独和忧伤，有的都是独行侠一样的决绝与豪情。她觉得自己在国外待得太久了，人都待硬了。余松坡也是这个感觉。他们决定回来，孤独和忧伤让他们觉得离“人”更近一点。

“你喜欢北京吗，冬雨？”

“不喜欢。”

“车多？”

罗冬雨想了半天，说：“腰挺得太直。”

“那为什么要来？”

“几个做护士的姐妹相约着来，就来了。”

“还能忍受下去吗？”

“差不多吧。”

“什么叫差不多？”

又是个难题。罗冬雨看着远处一片灯火阑珊之地，那是密不透风的城市一处难得的野地。工作间隙，她每天都会在窗前遥望几次。房子低矮、灯火稀落的地方像生养她的小镇。每天看它是因为思念故乡吗？好像是。想家可以回去，她愿意回去吗？好像不愿意。其间的纠结与复杂，一时半会儿理不清楚。“有时候，”她只好说，“夜里能听见布谷鸟叫。”

这暧昧的答非所问祁好能理解。她和余松坡之于纽约与北京，大约也正是罗冬雨之于北京与她的故乡。当罗冬雨感叹“腰挺得太直”，岂不正是她在第五大道上感受到的硬邦邦？这姑娘的腰，尚未直到腰肩盘突出的地步。

“你要不嫌弃，”祁好说，“出了院跟我走。”

“让我想想，祁老师。”

“叫姐。”

“好的，祁姐。”

一走就四年多，刚出生时余果像只奄奄一息的瘦猫，现在强壮了，已经上中班，可以一套一套地跟你讲道理。半夜里被尿憋醒，会钻到罗冬雨的被窝里，抱着罗冬雨说：“冬雨阿姨，我知道你为什么不是我妈妈了。”为什么？“因为你没有小肚子，装不下我。”第二天他把这话重复给祁好听，祁好说：“你个没良心的，要不是生你，你妈会胖成这样吗！”

现在的生活对罗冬雨来说，基本上也是在夜晚。除非必要的出门，大白天她都待在家里。不开窗通风的时候，厨房和卫生间的门窗都关上，阳台上用的是双层隔音玻璃；家务之外，她还有很多事要在安静如夜晚的环境里做。比如今天上午，安装玻璃的工人师傅离开后，她开始打字，余松坡的新书《实验戏剧：我这二十年》。余松坡习惯手写，用八开的稿纸背面，一页五六百字。

白天演戏、排戏、讲课或参加文艺活动，空闲的晚上都会写上一两千字，第二天由罗冬雨录入电脑。第二天晚上，余松坡坐到书桌前，先把头天写好的在电脑上修改一遍，顺便贯通一下文气，然后铺开稿纸再写新的。如是反复。前面的两本书也是罗冬雨这么一个字一个字敲下来的。一本《实验戏剧论纲》，一本探讨“第四堵墙”的戏剧理论专著《凡墙都是门》。这些文字大部分她都看不懂，就像余松坡的一些戏，看完了也经常一头雾水，但她愿意看，每一个费解处都让她有小小的激动，觉得向神秘崇高的东西又近了一两厘米。

念中学时她不是老师眼里的好学生，也努力，就是不得法，成绩平平。因为长得不错，老师天然地觉得她的心思不在课本上，隔壁班上的男生经过教室朝里看两眼，班主任就认为她定然是到处给人抛媚眼了。在一个只讲升学率的乡镇中学，她先天地就被老师放弃了。不仅放弃，还提防打压，免得她祸害了成绩好的男生。最后她能考上一所市属卫校，班主任觉得那也是罗家在菩萨面前烧足了高香。她一直在华而不实的误解里成长，以致久了，华而不实也成了她对自己的正解。她确认自己是个平庸的人，也甘于谦卑地自守平庸；正因为自认平庸，才对高大、神圣和进取的一切事物抱有本能的热情。比如对弟弟，罗龙河所有要求上进的举动她都支持。

刚工作时，她把每个月工资的一半拿出来保障弟弟的学习和生活之用；在她理解里，后者是弟弟能够安心学习的保障：体面的衣物，别人有的弟弟都要有。弟弟要来北京念大学，她跟父母担保，只要有她一口汤喝，就有弟弟的一口肉吃。她希望弟弟把她弄不懂、学不会的，没有机会学的知识尽数吃到肚子里。

来余家做保姆，冲的固然是主家人好，待遇也不薄，她还在意他们是文化人中的文化人。当初祁好试探地问她，愿意参加电脑培训吗？罗冬雨立马点头。先前余松坡的文章都是祁好帮着敲进电脑，罗冬雨学了电脑以后，Excel、Photoshop、ppt 及其他更复杂的文字和图片处理都会了，录入就成了罗冬雨的额外工作。工资没涨，但她干得开心。把余松坡那些尚未降落就要起飞的潦草文字一个个整齐地排成行、聚成页、积累成一本书，她觉得对文化人的认知更深了一层，跟文化也沾了亲带了故。高深的理论她不明白，但看懂的每一处都让她由衷一笑。这些看懂的地方，在她看来是知识，文化的形象化。这也是她每天一空闲下来，就迫不及待要坐到电脑前录入的原因之一。

余松坡在《实验戏剧：我这二十年》里写了很多个人经历。某年在阿姆斯特丹演出，他从一个酒会上出来去剧院，打不到出租车，天又飘着小雨，没办法，他在桥头一堆自行车里找了一辆没上锁的，骑了就跑。到剧院正赶上导演和演员一起上台谢幕，他就水淋淋地上了台，最先感谢的是忘了上锁的自行车车主，引得一片掌声和叫好。某年在德国火车站等车，见月台上人人捧读一本书，两辆车间隔十分钟，是阅读三到四页的时间。他突发奇想，为这等车的十分钟写一出戏，会是什么样子？真就写了一出《风吹到站台的时候停了》。译成德文后在车站散发，反响意外地好。于是，这本书里，余松坡写道："网络视频如此发达的今天，合适的时间我真该排几出精短的戏，放到网上，给那些愿意把等车的十分钟用起来的人。"某年在美国南部城市新奥尔良演出，剧场附近不仅有福克纳的故居，还有脱衣舞表演和土著老爵士乐队的演出，这就意味着，要跟以上三家争观众。副导演说，为什么要跟他们争？我们有我们的艺术。余松坡说，为什么不可以争？艺术需要一意孤行，同样需要敞开自己，寻找更多的可能性；我们做的就是实验戏剧，为什么不能把福克纳先生和爵士乐邀请进演出里呢？现在就修改台词，部分场次重排一下。当然，脱衣舞娘就不必请了。

最让罗冬雨惊讶的是，某年在纽约，余松坡曾在布朗克斯的医院里"等死"。他被诊断为肺癌晚期。付不起高昂的手术费，从布鲁克林的一家私立医院转到布朗克斯的公立小医院，朋友帮忙联系的，“苟延残喘而已”。他以为自己没几天活头，写了遗书，还争分夺秒记了笔记。为了不打扰病友，也免得遭医生、护士和祁好的训斥，骂他不要命，逮着空就躲到卫生间里，坐在马桶上记几笔。他想写一部《实验戏剧：我这十五年》。那时候他专心搞实验戏剧快十五年了，包括他的硕士、博士期间的学术研究。因为时日无多，笔墨从简，记下一些条条杠杠的想法，却为今天要写的这本《二十年》搭好了框架。

造化弄人，那家不起眼的小医院来了个参与会诊的大医生，据说给索尔·贝索、菲利普·罗斯和 E·L·多克托罗这些大文豪都看过病，是个狂热的文学爱好者。此人听说有个剧作家和导演在这里“等死”，执意要来病房里聊一聊。医生要聊戏剧，余松坡想谈肺癌，那个大块头医生只好把余松坡的所有病历资料过了一遍，来了兴趣，重新检查，他的结论让祁好在病房里放声大哭：哪是什么癌症晚期，肺部阴影多了一点而已。不是所有的阴影都是癌，也不是所有父亲和兄弟死于癌症的人最后也要死于癌症。年轻人，提高免疫力，除掉就 OK 了。鬼门关走了一遭，余松坡突然就看开了：“都说中国不适宜搞实验戏剧，不过是担心失败，失败了如何？命都没了，成功又能去哪里寻？惟其不适宜搞，更值得去尽心尽力地搞一搞。”他终于下定决心回国。

他原以为入土之前再也回不了中国了。

一杯水喝完，窗外的雾霾纹丝不动。需要风。治理雾霾唯一的方法只能是风了。天气预报说，最近有风。可风在哪儿呢？网上有人开玩笑：耐心点，大风已经到张家口了。喇叭还在响，警车还在闪，好像还来了救护车。罗冬雨给祁好打了电话，例行汇报：余果一切正常，勿念。祁好心重，出差在外心更重，恨不能走哪儿都把儿子装兜里带着，当然罗冬雨得跟着，跟亲妈相比，余果更认这个保姆。所以，家里的事但凡没那么大，罗冬雨就照余松坡说的，报喜不报忧，免得她在远处使不上劲儿还干着急。挂上电话，中午就到了。飞马牌挂钟响了十二下。

没什么胃口。余松坡中午不回来吃，余果一天都在幼儿园，一个人的饭难做。罗冬雨索性就懒了，热了一杯牛奶，全麦面包里夹了一个西红柿、半根黄瓜和两片午餐肉，午饭就算糊弄过去了。

接下来她通常会眯上半小时，起来后跟着网上的教练指导，做半小时到一个小时的瑜伽。不做瑜伽就看书。余松坡和祁好的六个大书橱对她全开放，她主要看小说、散文、纪实类的那两个书橱，学术、理论书基本不碰。也曾装模作样翻过几本，实在看不动，她就跟余松坡说，我还是去做家务吧。接下来的确到了家务时间：洗衣服，擦家具，拖地。如果上午的文章没录完，下午也会接着敲。

她用五笔。四点半在定时的电砂锅里煮上五谷杂粮稀饭，然后出门买菜。如果祁好在家，早上能帮她看顾一下还没醒来的余果，她就赶早去远一点的大菜场。那里的菜新鲜，品种也多。下午去的小菜场离幼儿园不远，买完菜，她可以保证五点一刻赶到幼儿园。那会儿余果已经吃过晚饭，正和小朋友们一起等待家长来接。

但这个午后罗冬雨没睡着，头脑里总隐隐响着警车和救护车的声音。她坐起来，翻几页迈克尔·翁达杰的小说《英国病人》又放下了。罗龙河跟她说过，根据小说改编的同名电影特别好。韩山一直在路上，他骑摩托车有点野。她觉得应该给他打个电话。一直响到自动挂断也没接。看来真在路上，韩山有听收音机的习惯，现在肯定两只耳朵里插着耳塞。年轻人里听收音机的已经没几个了，退休老干部才整天抱着个半导体。他听，骑摩托车听收音机有开车的感觉。其实接了电话罗冬雨其实也没什么要说的，怕他担心，就发了条跟上午相同的短信：大嘴熊，记得戴口罩啊。放下手机，就开始干活儿。

两周擦拭一回面具。

罗冬雨认真数过，余家收藏的面具大大小小两百三十六个。最大的抵得上半扇门，最小的与指甲相仿佛。最近的来源是后海卖的京剧脸谱；最远的是南美的智利。余松坡去智利演出，特地去了趟合恩角，从那里的印第安人手里买下的。世界各地原始部落和深山老林里的原住民的面具最多，余松坡看重的那些，多半挂在楼梯边的墙壁上，一张面具就是一个民族、一个部落的一部凝固的文化史与生活史。其余面具摆放在两层楼的各处：多宝阁上，书橱里，书桌上，窗台上，冰箱上，以及合适的墙壁上。罗冬雨通常分两天给它们擦拭除尘。一天是楼梯边墙壁上的，一天是其他面具。

今天从楼梯边开始。她从储藏间搬来梯子，小心翼翼地把面具一个个拿下来，擦拭好再一一放归原处。她清楚每一个面具的位置。

擦面具罗冬雨很讲究，不同材质的面具她用不同的工具：瓷的、金属质地的，用拧干的湿毛巾；泥的，用无纺干布；容易褪色且不平整的，用鸡毛掸；带根须的，比如竹根雕面具，用气筒；纸和玻璃做的，更要小心，得同时动用几种工具。擦拭完毕，踩着梯子再一个个挂上去。

三点半，挂钟敲动一下，罗冬雨正往墙上挂面具，门铃响了。她打开对讲机，竟是韩山，他说："罗冬雨小姐在吗？有她的快递。"

罗冬雨暗自好笑,多大的人了,还玩这个。"她不在。"开了楼门。顺手把客厅的门也打开了。

电梯打开，合上。脚步声。敲门声，然后推开。"有人能帮罗老师代收一下快递吗？”韩山探头探脸进了门，手里捧着一个纸盒子。

“换拖鞋上楼。”罗冬雨说，“帮我递个面具。”

“你确定方便？”韩山担心家里还有别人。

“就我一人。别啰嗦。”

韩山脱了鞋子，穿着袜子直接上了楼梯。罗冬雨一扭头瞥见他走过的地方一串潮湿的脚印，大叫：“你那双臭汗脚，快回去穿拖鞋。”

韩山没理她，把纸盒子捧起来：“罗老师的快递。”

罗冬雨用鼻子“哼”了一声，还装神弄鬼：“拖鞋！我说拖鞋！”

韩山看见二楼的地板上摆了一大堆面具，在日光灯下，每一个明亮的面具都发出干净的光。罗冬雨把这些面具擦拭得一尘不染，比他的脚干净，比他的袜子干净，比他的每一件衣服都干净，比他的脸干净、手干净、头发干净，比他的整个人都干净。他想起现在还躺在医院里抢救的彭卡卡。有一天卡卡去见一个别人介绍的姑娘，出门前敲他房门，一定让他看看整个行头，看着整个人是不是体面。卡卡不好意思用“体面”这个词，只是问：“韩哥，你看我干不干净？”韩山说：“干净！兄弟，没人比你更干净。”那次相亲失败了，姑娘没看上他。姑娘没有直接告诉他事儿黄了，而是说，他连衣服都没洗干净。

韩山的火就起来了。罗冬雨还在梯子上，举着两只手往高处的墙上挂面具，棉毛衫也跟着往上抻，露出了一圈白嫩的腰。罗冬雨说："愣着干啥？递面具啊！那个，那个，柏拉图的面具。"韩山不知道哪个是柏拉图，也不想知道哪个是柏拉图。他觉得那一瞬间身体里的欲望跟随愤怒噌噌噌像血压一样往上冲。他盯着罗冬雨那一圈干净的白腰，两步上到最高一个大理石台阶上，拦腰把罗冬雨从工具梯上抱了下来。罗冬雨吓得"啊啊"叫，已经被韩山放倒在二楼的木地板上。他把纸盒子扔到一边，开始脱罗冬雨的衣服。罗冬雨躺着，棉毛衫只能撩到肚皮以上，他转而脱罗冬雨的家居裤。罗冬雨喊："大嘴熊，你干什么？韩山，你要干什么！韩山，要死了，你干什么呀你！"韩山觉得全身的血液都集中到两个地方：一是脑门，他相信此刻他的脸比平时要大两圈；另一个地方是裆下，他觉得裤子里藏着的那玩意儿硬得像根变速杆。罗冬雨用力把屁股往地板上墩，韩山右手抄到她腰下，往上一抬，左手抓住家居裤猛地一扯，连内裤都被拽了下来。罗冬雨本能地用手捂住两腿之间："韩山，你疯了！"

"我疯了！我他妈的就疯了！"韩山终于出声了。

他压住罗冬雨两条光腿，分开，脱自己裤子时，整个人抖得不行。他从来没有这么强迫过罗冬雨，但箭在弦上，不得不发。挡风用的狗皮护膝裹着两条腿，裤子只能脱到一半，他就穿着一半裤子进入了罗冬雨的身体。

罗冬雨说："门！韩山，门！"

韩山说："敞着！就让它敞着！"

罗冬雨打他。她的屁股、腰和两条腿贴着冰凉的地板，她有一种被强奸的感觉。韩山伏在她身上，喘着粗气，运动，运动，运动，运动不止。盯着那张在她面前晃动，因为愤怒、欲望和用力而变形的脸，罗冬雨的眼泪流到了耳朵里。她发现自己要嫁的男人竟如此丑陋和陌生。而在某一刻，不管她是否愿意承认，她的确想到了余松坡。如果是那个温文尔雅的文化人，此刻他会是什么样子呢？但她只用了百分之一秒就把这个念头从脑子里赶了出去。韩山又含含混混地出声了。她听见他断断续续地说：

"我的兄弟成了植物人！我兄弟成了植物人了！"

"说什么呢你？"

"我兄弟成了植物人了！"

"别动！"罗冬雨一把掐住了他的屁股，"好好说！"

韩山停下来："彭卡卡出车祸了。"

"刚刚？"

"昨天晚上。"

罗冬雨明白一大早他为什么要过来了。他是真想抱抱自己。这么一想,立马不排斥了,她把手移到韩山背上,抱住他，两条光腿盘到了他的屁股上。正做得投入，手机响了。半分钟过去，罗冬雨才听出是自己的手机铃声。她在地板上摸索半天，拿到手里，铃声断了之后又响起来。是余果的班主任。她对韩山示意，别出声。

“余果妈妈吗？”袁老师的声音尖细。

“啊——是。”袁老师从来都改不了口，每次在电话里都习惯性地称罗冬雨为“余果妈妈”。“果果出什么事了吗？”

“咳嗽。”

“很严重？”

“咳得腰都快直不起来了。”

“那怎么办？”

“你是孩子的妈妈。”袁老师的声音变得更尖更细，“当然是把孩子带回去了！”

罗冬雨脸红得要沁出血来。当然是要把余果带回去了！为什么一做了这事脑子就缺氧短路。她开始推韩山，让他停下，她得去幼儿园，现在就得去。韩山正在冲刺，哪里停得下来。要在过去，这会儿可能就该结束了，但他把电话里的声音听得清楚，“余果妈妈”，“啊——是”，听得又起了无名火，一股咬牙切齿的力量重新生出来。

上半身死死地压住罗冬雨，下半身活动的频率和幅度同时变大了。他不吭声，屁股复仇一般耸动着。

“下来！下来！”罗冬雨继续推他，“我得去接果果！”

“有什么好接的！”

“果果咳得厉害！”

“果果！果果！果果是你儿子吗果果！”韩山突然吼起来。

简直不可理喻！罗冬雨也火了，两手一起上，猛一下把韩山掀到了地板上。她站起来抓起裤子就下楼，往卧室跑。等她换上外出的棉衣往二楼走，韩山两个光膝盖跪在地板上，裤子堆在膝盖弯下面，他在手淫。右手疾速地动作，嘴里“啊啊”地叫着，满脸都是眼泪，泪水穿过雾霾留下的灰色尘迹，整张脸都花了。罗冬雨站在倒数第二个台阶上，看着男朋友旁若无人地手淫，直到他终于低吼一声，像发动机憋熄火前的最后一次暴跳，两眼血红地达到高潮，精液射到了青铜做的柏拉图的面具上。

等她把余果从幼儿园接回家，按照霍大夫的医嘱给余果新熬了大蒜冰糖水喝，又给余果做了推拿和捏脊之后，上楼继续收拾面具。出门前冲洗干净的柏拉图面具，她又心虚地冲了两遍，擦干净，挂到了墙上。韩山带来的纸盒子还在地板上，竟然真是她的快递，单子上写得明白。她把盒子打开，是一块带荧光指针的蒙奇奇时尚卡通表。

只有韩山知道她想要这个。半夜里不开灯也能看见时间。

6. 孩子一生病，家里的气氛就不对了

警　　察　又是你！

小　　偷　真对不住，要知道又是您审，我就——对不起，那我也得偷。

警　　察　姓名？

小　　偷　他们走在南锣鼓巷里，一路指指戳戳，南锣鼓巷是你们家吗？

警　　察　性别？

小　　偷　他们看这里不顺眼，看那里也不顺眼，丫以为他们用英语说，我就听不懂了？

警　　察　你懂英语？

小　　偷　小看人，不就那二十六个字母嘛！老子，对不起，我在二环以内干了可不止二十六年。单是总统见了也不止二十六家。

警　　察　出生年月？

小　　偷　就顺手夹出来只猴子，还成外交事件了？

警　　察　住嘴！我他妈就纳了闷了，国际男友人左口袋里的钱包你不偷，为啥单对国际女友人右口袋里的小猴子下手？

小　　偷　男左女右。猴子值钱嘛。其实我也不知道那洋妞儿口袋里装的是啥，我就是生气。她没事就对着口袋叨咕，汤姆汤姆，别动别动。我还以为什么宝贝。幸亏老子，对不起卢总，幸亏鄙人业务亮堂，下手快，要不一准儿被丫咬上一口。

——《城市启示录》

孩子一生病，家里的气氛就不对了，哪哪儿都跟平常不一样。余松坡都坚持跟儿子玩了两个小时了，这在过去几乎不可想象。除非一家人出门，纯粹为了放松游玩，余松坡会和余果长时间耗在一起游戏、打闹、讲故事，平常在家，他对儿子表达亲密和感情的方式基本是象征性的。迫不及待地讲完一个故事，迅速地指导儿子画完一幅画，潦草地帮儿子用积木搭建出一个城堡，然后电话响了，或者要给茶杯添水了，要去趟卫生间了，顺道就进了书房，门合上。等他再从书房出来，余果早已经睡着了。他亲一下儿子熟睡的光洁小额头，颇为遗憾地说："乖儿子，好好睡觉。"继续回书房忙自己的事。

祁好和罗冬雨都知道他忙，轻易不拿琐事分他的心；余果也明白，只有淘到忘乎所以了才去敲爸爸的门。

但今天晚上余松坡主动陪余果玩了两个钟头。其实晚饭时的格局就有了变化。平常四口人吃饭，正方形饭桌四人各坐一边。余果坐在祁好和罗冬雨中间，这样两个人都可以照顾他，余松坡坐儿子对面。罗冬雨按老格局把饭桌摆好，上桌时余松坡把自己的碗筷移到了祁好的位置上，一顿饭给余果夹了五次菜。吃过饭，余松坡让罗冬雨先收拾，孩子他来管。等罗冬雨把厨房杂务收拾完毕，发现余松坡正和余果一起坐在沙发前的地毯上玩乐高。余果想建造一艘航空母舰。难得父子俩这么一起玩，余果时不时地咳嗽，罗冬雨坐到沙发上看着他俩玩。电话预约了霍大夫，明天上午九点半带余果复查。

建航空母舰是个浩大的工程。余松坡一边拿着图纸指点儿子，一边有一搭没一搭地和他说话。

“儿子，爸爸好不好？”

“有时候好。”余果全身心在乐高上，头都没抬。

“哪些时候好？”

“跟我一起搭乐高的时候。”

“哪些时候不好呢？”

“生气的时候。凶我的时候。躲在门后边的时候。还有——”

“还有什么时候？”

“坐着发呆，两眼不知看着哪儿的时候。”

余松坡笑了。罗冬雨也笑。

“那你觉得爸爸是好人还是坏人？”余松坡问。

“爸爸是中间人。”

“果果，你知道什么叫中间人吗？”罗冬雨说。

“就是坐在好人和坏人中间的那个人。”

“那爸爸不想坐在中间，只能坐在两边，你希望爸爸坐在哪一边？”

“坏人那边。”

余松坡看了一眼罗冬雨。“为什么？”

“动画片里说：坏人什么都有，好人什么都没有。”余果去乐高箱子里找飞机，一架红色的，一架绿色的，装到拼好的舰体上。“耶！我的宇宙无敌‘余果号’航空母舰建成啦！”然后让余松坡跟他一起去楼上的浴缸里开动母舰。

“爸爸有点不舒服，先让冬雨阿姨陪你上去。”

余松坡倚到沙发扶手上，听见两个人上楼的脚步声，余果的咳嗽声，往浸泡恐龙蛋的浴缸里继续放水的声音，余果开心的尖叫声，罗冬雨阻止余果玩水声。发了一会儿呆，起身去了阳台，打开一扇窗户，黏稠的雾霾涌进来，他迫切需要抽上一根烟。

余果的航母玩够了，跟罗冬雨下了楼。余松坡还在阳台上抽烟，左手抱着右胳膊，只穿着件毛衣。罗冬雨取了外套给他送过去，他叫住她问：

“小罗，你来选，我该做好人还是坏人？”

罗冬雨把阳台的窗户关上，对余松坡跟小孩儿较真见怪不怪：“做什么都有的好人。”

余松坡掐掉烟：“鱼和熊掌，哪有兼得的好事啊。”

事好事坏罗冬雨不清楚，也不会多嘴。余松坡所以还征求她意见，正因为她可以守口如瓶；但她知道，余松坡肯定遇到大事了。这个预感让她凌晨三点之前一直警醒着，担心他像昨天晚上那样再次发病。

余果九点就睡了，睡前喝了大蒜冰糖水，效果不错，一直到凌晨一点才开始断断续续地咳，两点钟就收住了，重新进入深度睡眠。一点三刻她起床去倒热水，给余果润喉咙，余松坡的房间还亮着灯，他还隔着虚掩的房门问了句，余果好点没？罗冬雨说好些了，端了热水回房间。余果喝了热水翻身睡过去，罗冬雨关上灯，在深夜里听外面的动静。

安静也是有声音的，细碎柔和地塞满耳朵。就像小时候，她在安宁的乡村之夜也听见这样的细碎之声，她觉得那声音来自星星，满天的星星发出光亮，肯定也有它的声音。她提醒自己，要提防一双迷茫和躁动的脚出现在客厅，要盯紧它们迈出的第一步；为此她甚至想象出了它们的样子：光着的脚丫子和宽厚的大脚板，咖啡色的棉绒拖鞋，犹疑而又暴虐地抬起又落下，抬起又落下。她记得看了一眼韩山送她的蒙奇奇荧光表，凌晨三点，然后歪了一下头，睡着了。

醒来的瞬间，罗冬雨从床上坐了起来。坐起来后才开始迷糊，不知道为什么一跃而起。余果还在小床上安睡，一定是梦见咳嗽彻底好了，或者是浴缸里的恐龙长得有两米高，所以嘴角挂着笑。她转动脑袋四处看，看到床前的拖鞋才明白为什么。还是昨夜睡前摆放的样子，尖并尖，跟碰跟。后半夜她没起来过，没什么曾把她惊醒。窗帘透进来晨光，她看表，早上七点。客厅里没有动静。她不放心，穿着睡衣开了一道门缝。留声机好好的，所有家具都好好的。阿弥陀佛。她回到床上，“扑通”一声躺下，今天起晚了。

穿好衣服来到客厅，看见余松坡正从厨房里出来。他摆摆手：“没坏。卫生间里也没问题。”砸玻璃的今早没有光顾。

做早饭时余果醒了，咳嗽也跟着同时醒来。余松坡抓耳挠腮来敲厨房门，一是报告儿子咳嗽又起，二是问余果的干净袜子放在哪里，儿子要先穿袜子。罗冬雨说，要穿的衣服昨晚就放在了余果床头的凳子上啊。她让余松坡看着别让鸡蛋煎煳了，跑回到卧室，余果一脸坏笑从被窝里拿出袜子，说：

“我不要爸爸给我穿衣服。我喜欢冬雨阿姨给我穿。”

“果果你都四岁半了，自己的事情自己做。”罗冬雨把他从睡袋里拎出来，“袁老师说，让别人帮忙穿衣服的小朋友，每天扣一朵红花。”

“最后一次，好不好，冬雨阿姨？你看我都咳嗽了。”这一阵子不咳了，他又挤出两声咳，真就带起了一串。

“好吧，最后一次。说话算数啊。”

“说话不算数的果果不是小小男子汉。耶！”

余松坡端着煎好的鸡蛋站在门口："你说什么，余果？"

"我说余果是说话算数的小小男子汉！耶！"

"起来。"余松坡说，"刷牙，洗脸，吃饭。"

"爸爸说错了。"余果跟罗冬雨一起穿袜子，"是起来，尿尿，刷牙，洗脸，喝完大蒜冰糖水再吃饭。"

余松坡鼻子和眼眶同时一酸，小东西懂事了。"儿子，"他说，"爸爸送你去霍大夫那里。"

"上午不是讲座吗？"罗冬雨说。

"把你们送过去再说。"

这是余松坡第一次送他们去霍大夫工作室。

出门方向就错了。不过无所谓，前面路口拐个弯绕回来即可。余果希望这路一直绕下去，他就可以在车上多待一会儿。根据读过的育儿理论，罗冬雨知道这是余果想从余松坡那里得到安全感的表示。在孩子的成长中，父亲不能缺席，余松坡那种男性的安全感，祁好和罗冬雨无论如何也提供不了的。听说爸爸要送他们，余果早饭都比平常吃得乖。

"再绕一圈，爸爸。"余果从后排左边的座位上站起来，盯着车窗外看。

余松坡扭头看罗冬雨，罗冬雨说："来得及。"

余松坡打了转向灯，拐上了另一条路。能见度依然不高，车速不足五十迈。因为霓虹灯还亮着，罗冬雨看见了左前方那家豪华商场，过了天桥就是。车慢下来，接着加速，天桥和商场一闪而过。

“气球！气球！我要气球！”余果拍着车窗喊，“停车！爸爸停车！”

罗冬雨不想让余果下车，在车里都让他戴着防霾口罩。“哪有什么气球。”

车继续加速。余松坡说：“爸爸也没看见。”

“骗人！”余果转过身，透过车后的玻璃往回看，他改拍起车座，“冬雨阿姨和爸爸骗人！就是有卖气球的！在天桥上！白气球！”

余松坡说：“儿子，爸爸真没看见。”

罗冬雨觉得他看见了。在天桥前他分明慢下来，脸侧向右前方。在他的位置和角度，天桥上那个穿藏蓝色旧大衣的卖气球的男人，想看不见都难。可他怀抱的气球太难看了，还有种莫名其妙的古怪。不要也罢。

“果果乖，阿姨回头带你买最好看的气球。”

“我就要那白气球！”余果哭的时候又带起了咳嗽。

余松坡在后视镜里盯住罗冬雨的眼：“小罗，你看见什么白气球了吗？”

罗冬雨只好说：“果果不哭，阿姨也没看见。阿姨保证，从霍叔叔那里一出来，阿姨就带你去买气球，好不好？”她把余果抱到怀里，给他擦眼泪。

余果抽泣着，在口罩里瓮瓮地说：“大人也得说话算数。”

剩下的路程很安静，他们提前三分钟到达霍大夫工作室。

罗龙河迟了十三分钟到达余松坡的讲座现场，他母校第二教学楼最大一个阶梯教室。时间定在上午十点半，到点儿了主持人没到，主办方中文系团委、学生会和莱辛剧社，正好赶得上商量，把会场从先前一百人的教室临时调成现在盛得下三百人的阶梯教室。听众多得出人意料，很多校外的年轻人提前一两个小时到，占据了大教室的前几排，换教室后，有些人失掉了有利地形，一直嘟嘟囔囔，罗龙河到了，现场还喧嚣不已。

作为剧社前社长和此次活动的主要策划者，罗龙河理所当然地担任讲座的主持人。他气喘吁吁进了教室，手里攥着一份报纸，七秒钟之后，进来一个表情冷峻的漂亮女生。讲座之后的午餐桌上，余松坡才知道她叫鹿茜，莱辛剧社的骨干成员，正念大四，罗龙河的女朋友，师妹。“余老师，您可以叫我鹿茜（xī），也可以叫我鹿茜（qiàn）。”她隔着罗龙河给余松坡敬酒，“您随意，我干掉。”她喝的是二锅头，余松坡喝的茶水，他开车。

但讲座开始时罗龙河没有介绍，只用下巴指了指后排的空座位，她就硬僵着两条细腿，气鼓鼓地往后面走。讲座过程里，余松坡的目光不时会扫到她。她坐的地方实在太显眼，最后一排最中间的位置；后三排只有她一个人。每当余松坡扫到她，都发现她直直地在盯着自己，好像生了他的气。

她只是盯着余松坡，生的却是罗龙河的气。她认为罗龙河骗了她，他看上的哪是什么一居室，分明就是破破烂烂的平房。一个破烂的大杂院里的一间，厨房是在院子里搭建的一间小得不能再小的违章石棉瓦房；还有更小的，是厕所，整个建筑用地比嵌在地上的那个蹲坑大不了多少；所谓淋浴，指的是洗澡时拎一桶水，对着自己从头上往下淋。鹿茜一进大杂院就要哭了，这就是罗龙河许诺她的单独的一居。

事情得从头说：罗龙河去年毕业，考研失利，只能暂时在一家影视公司里当枪手，揽活儿的编剧拿大头，指缝里撒下的那点儿分给各个枪手。每天起五更睡半夜揪着头发编故事，到手的钱仅够填饱肚子。公司在北边，靠近昌平，他就在公司附近的北四村与人合租了一间屋。双方的女朋友来探亲都不方便，只能这周末我去哪儿打个游击，下周末你去哪儿熬个通宵，把房子空下来让对方鸳鸯戏水。北四村距京西大学不太远，也不算近，跟男朋友相会一次，公交车、地铁、步行（天气不好还得坐个三蹦子）加起来得一个半小时。这还不算，在合租屋里感觉不好，不管布帘合上还是拉开，都觉得对面有眼睛盯着你看，脱衣服都担心抖下来两颗眼珠子。鹿茜觉得，再去几次自己肯定得性冷淡。罗龙河想那就搬，找个单独的一居室，靠鹿茜近点，正好今年接着考研，去母校自修也方便，就去海淀西郊的挂甲屯租了新房子。

招租广告上就是这么写的：一居室，有单独厨房和卫生间，适宜白手起家的恩爱新生活。字字都在点儿上。罗龙河先去看了，多少有点失望，但毕竟是单独的一间屋，没有人在帘子对面咳嗽、打电话、半夜磨牙、说梦话、大声放屁、看日本毛片，有时候女朋友来得突然，等不及你出门他们就迫不及待倒在床上，布帘子抖啊抖，抖得你全身都晕。而且不算贵，稍微勒勒裤腰带，这个价位他还能承受。所以一居室分三处就分三处吧，小一点简陋一点也可以理解，苍蝇也是肉，总归有的嘛。于是当机立断，签了合同。房东说，不签也没关系，明天还有五个人约了要来看房。为此罗龙河还挺得意，跟鹿茜显摆：欢迎领导择一良辰吉日前来视察，俺可是从近十名约租者手里奋勇抢下来的。

鹿茜怀着满心待嫁的喜悦，上午去了挂甲屯，进了院子脸就撂下来了，体温都跟着急剧下降。这就是传说中的他娘的一居室啊。看来话说得没错，防火防盗防师兄，这下真给师兄带沟里了。他们在院子里就开始吵，来学校一路上还在吵，一直吵到阶梯教室门口。她都懒得跟他一起进门。但就这么一路吵，罗龙河也没忘见缝插针走个神，到报亭买一份今天的《京华晚报》。

现在，他把《京华晚报》带上讲台，开始了主持人致辞：

“非常高兴，也非常荣幸，今天请到了著名戏剧导演余松坡先生。作为铁杆粉丝，我能有幸作为本场讲座的主持人，与有荣焉。

“余老师是我偶像。偶像嘛，吃喝拉撒定然也要关注的。所以我知道余老师的年龄、属相、家庭人员构成，住在几号楼几单元几零几；知道余老师最喜欢吃哪几道菜，坐马桶时爱看什么书，多长时间理一次发，剃须刀用什么牌子；但今天我不告诉大家。等你们也成了余老师的铁杆粉丝，就是资深‘坡粉’后，自然也会知道。余老师的戏，各位未必都看过，但有一部我肯定大家都听过，最近被热议的话剧《城市启示录》。不管争议如何，我必须负责任地说，这是三年来我看到的最好的一部国产戏，没有之一。因为它好，我还花钱请了一群朋友去看。在座就有几位，可以作证。

“至于剧情，我就不透露了，以免理解错误多生歧义，引起大家的误会。顾名思义，这个戏是关于城市的；具体地说，关于北京的；再具体地说，是关于全球化背景下的北京的；是余老师对北京，我们生活的这座城市深入的、全面的思考。这些年余老师走南闯北，游历过世界上的大部分城市，操千曲而后晓声，观千剑而后识器，余老师对北京这座城市有何高见呢？

“余老师一直从事先锋实验戏剧创作和导演，为什么到《城市启示录》，转到了相对现实主义的道路上来？这些年，余老师是如何一步一步走向今天的辉煌与成功的呢？我们马上有请余老师为我们做个现身说法。

“非常抱歉，我还得再啰嗦两句。这是今天的《京华晚报》，大家请看头版照片。”罗龙河打开报纸，向听众举起示意。照片上余松坡戴着墨镜和口罩，和一个须发峥嵘的老流浪汉站在天桥上。那流浪汉的大红围巾在漫天灰色雾霾里极为醒目，加上他怀里的一堆白色塑料袋，仿佛黑白照片上了人工的色，更显出雾霾的深沉和浑厚。“可能只有我这样的资深‘坡粉’才能一下子认出这位墨镜、口罩武装整齐的先生是余松坡老师。摄影师没认出来，记者也没认出来。记者只在文中写：雾霾里也有真爱，陌生人正与卖新鲜空气的流浪汉亲切交流。在记者的语境里，这话颇有些轻佻。这不是摆拍，这是一件相当庄重严肃的事。早上起来刷微信时，偶然看到这幅照片，我就想，一定要把这张照片带到讲座现场给大家看。这才是真正的余松坡！

“我知道，在座的朋友里，有人对《城市启示录》持保留态度，因为出租屋那一场戏让我们身为‘蚁族’的年轻人不舒服。如果你是来砸场子的，请三思后行，余老师能够如此关心一个在雾霾中出售新鲜空气、头脑不太正常的流浪汉，他会对我们年轻人，未来的希望，如此冷漠和厌弃吗？我不相信。我想余老师也会告诉大家，设计这场戏的初衷是什么，它与整部戏之间是个什么关系，它的合法性在哪里。

“再次抱歉，我占用的时间太多了，请不要给我嘘声，别喝倒彩、鼓倒掌。我们把真诚的掌声留给余老师。现在就请余松坡导演上台,开始他的精彩演讲。大家欢迎！”

投影仪在黑板前的屏幕上用敲键盘的声音打出两行字：

一位海归导演的成功之路

主讲：余松坡

那张取名《雾霾》的照片一亮出来，余松坡立刻感到肠扭转，整个身体都随着腹部骤然的扭结出现了波动。头脑里“嗡”地响成一片，几万只蜜蜂劈面飞来也不过这阵势。他坐在第一排的嘉宾席上，不管那幅照片有多小，他都看得极清楚。他肯定在两秒钟之内，后背上起了一层的汗。在此之前他对罗龙河的主持口才挺惊讶，完全不像他见过很多次的那个诚惶诚恐的大学生。因为他是罗冬雨的亲弟弟，因为他喜欢戏剧，隔三岔五通过罗冬雨请教一些专业问题；当然，偶尔他和祁好忙不过来，也会请罗龙河来家里帮点忙，他们每年都有几次一起吃饭的机会，尤其逢年过节，请罗龙河和韩山吃饭，也是安慰和稳定罗冬雨的军心，他面前的罗龙河在表达上可极少如此自信和流畅。但晚报上的照片让他难堪，只有他一个人知道的难堪。不过不得不承认，罗龙河这小子又把逻辑给整圆了，而照片确实是一个有力的证据。

余松坡纠结了，他不希望演讲现场就有示威者出现，而这几乎不可能。现任莱辛剧社社长在校门口接到他时，就打了预防针，在校内外的 BBS 和相关网络海报上，有不少评论和跟帖，就戏中的争议场景发表了激烈的批评。罗龙河的照片或许可以部分地平息批评者的怒火。但他也不希望这张照片在公开场合被公布出来，多一个人知道是他，就多一分被暴露的危险。他后悔昨天上了天桥，也后悔没有及时制止那个拍照的胖子。网络时代，风险无处不在啊。

罗龙河邀请他上台，他茫然地站起来。大大小小几百场演讲，从来没这么乱过。好在他看到了屏幕上打出的那个题目，跨上讲台前，知道该如何找一个有效的开头来平稳自己的情绪和思路了。

“谢谢龙河的介绍和理解，也谢谢京西大学中文系团委、学生会和莱辛剧社的邀请。当然，更要感谢现场各位年轻的朋友。不管你们对我的作品如何评价，喜欢还是鄙弃，肯定还是否定，能在这个雾霾的大冷天来到这个教室里，都是对我的莫大鼓励和支持。这次活动从策划到筹备一直到我现在站到讲台前，都堪称完美，唯一的缺憾是讲座题目。我给的题目是《一个海归导演的艺术之路》，与屏幕上的题目有三字之差。承蒙抬举，‘个’升格成‘位’，我勉强接受;但‘艺术’变成了‘成功’，我不能接受。在我看来，‘艺术’归根结底只有‘失败’，没有‘成功’。所有成功的艺术和艺术家都是可疑的。在艺术这个行当里，有谁胆敢称自己成功了，相信我，此人若非骗子，定是疯子。每一门艺术，每一个人的艺术，都是在无尽的失败的暗夜里前行。我所谓的一个海归导演的艺术之路，正是我二十年来的艺术失败之路。包括最新的《城市启示录》，包括这个戏中备受争议的细节场景，都是诸多失败中的一环。”

掌声骤起。罗龙河最先鼓掌，然后掌声席卷了整个教室。

开了一个好头。罗龙河不像开始之前那么担心了。邀请余松坡来讲座是他的提议，别人找不到头绪。最初在网上引发对《城市启示录》的争议，也跟罗龙河有关，不过这一点余松坡至今也不清楚。罗龙河的确把余松坡奉为偶像，余书必读，余戏必看，凡是跟余松坡有关的消息他都关注。他甚至羡慕罗冬雨，可以在余松坡家做保姆，可以一日三餐和余松坡在同一张饭桌上吃。好像是余松坡成为他的偶像在前，罗冬雨作为余家保姆在后。他完全忘了，如果不是从姐姐的言谈中得知世上有余松坡这么一号，而这个人恰好又是搞戏剧的，作为一个中文系的本科生，他很可能一辈子都培养不起对戏剧的兴趣，更别说与京西大学传统悠久的莱辛剧社扯上关系，并在大四那一年依靠两个校级奖的话剧剧本入主剧社，成为社长。不管怎么说，罗龙河认为自己如今已然是个戏剧人了，在这个行当里上了道。关注余松坡，奉其为偶像和导师，也是他在自己与他人眼中作为戏剧人的一种确证。他认为自己有义务维护偶像与精神导师的形象。

《城市启示录》刚上演，他就掏了腰包，请公司里的枪手同事和北四村的租友们去看了。正是他租友中的两个人，姑且称之为赵甲和钱乙，在剧场里感到了被冒犯：他对艰苦奋斗中的年轻人很不友好，有偏见！出了剧场罗龙河喜气洋洋，做好准备接受朋友们的礼赞与艳羡，没有他罗龙河，谁能有机会如此家常地靠近一个伟大的导演和他的艺术？在罗龙河的介绍下，余松坡开场前一一握了他们的手。但他们的表情不对。

出了剧场，坐地铁回北四村的车上，几个人脑袋扎一起讨论，越发地断章取义和情绪化。岂止是不友好和有偏见，分明就是歧视，余导演在公开伤害我们的尊严！一个观点一旦被鲜明地抽象出来，就会直捣人心。你看它的情节吧：一个久居国外的华人教授，假洋鬼子，其观点肯定来自作为假洋鬼子的海归导演本人；一只不知其种属的印度小猴子，闻到小月河出租屋的味儿，竟恍如回到了脏乱差的加尔各答；就连房东老太太也是前双规自杀官员的遗孀。这些魔幻、巧合以及指桑骂槐的批判现实主义，说明了什么？余大导演他就不能正眼瞧瞧咱们吗？

罗龙河据理力争，无奈寡不敌众，下车时一干人全反水了。讨论也从情绪化指责上升到理论性批判，从狭隘的接受美学扩展到了整个社会学。为什么会出现蚁族，如何科学地看待和表现蚁族，这是个相当复杂和棘手的问题——恭喜余大导演，您撞枪口上了。

依旧是天生敏感的赵甲和钱乙先发了声。不管罗龙河如何商讨、请撸串喝啤酒，他们俩还是各自在网络上贴出了自己的心得。各门户网站，各大论坛，博客，微博，微信全转起来了。当然是他们各自综合了大家的心得。网络时代就这点好，谁站出来说话，麦克风都一样响亮。因为涉及的群体特殊，这个群体又都是网络的主力军，消息立马像核爆炸一般传播开来。罗龙河在网上搜过，最早的消息源果然是赵甲和钱乙。好心办了坏事，罗龙河深感不安。

今天的讲座是罗龙河办砸的又一件事。不过也怨不着他，《城市启示录》还没上演讲座就约好了；屋漏偏逢连阴雨，赶上了。整个演讲的一个半小时里，罗龙河如坐针毡，生怕哪个新的赵甲跳出来，把余松坡问倒在讲台上，或者哪个新的钱乙举拳头示威，往讲台上扔鞋子。为了营造有利于余松坡讲座的压倒性氛围，但凡精彩之处，他都带着剧社的成员热烈鼓掌。

余松坡说："相信我，实验戏剧依然有路可走。"他们鼓掌。

余松坡说："戏剧的未来在你们身上。"他们鼓掌。

余松坡说："我和在座的各位一样，是个渴望高尚和纯粹的庸俗的人，每天都被相同的两个问题纠缠不休：怎样生活才最有意义；怎样的生活才最有用。"他们鼓掌。

余松坡说："我所有艺术和思考的起点都在中国，终点也在中国。这跟爱不爱国没关系。中国是你与生俱来的背景。中国是你得以穿行在这个世界上的唯一信物。

中国是你的影子。”他们鼓掌。

余松坡说：“行经世界上的每一座城市，我都在它们身后看见了一个北京城。北京是我考察所有城市的终极参照。”他们鼓掌。

平心而论，余松坡讲得相当精彩。走过那么多国家，作过那么多演讲，他太知道哪些内容和桥段能够博得普世性的掌声。但他尽量避免把这场讲座变成个人的文化表演，一则纯属公益讲座，一分钱报酬没有；二则面对的是大学生。他想起当年读书时，满怀崇敬去听一个诗人的报告，两个小时站下来，得到的维一结论是：该诗人是个骗子。为此还留下了后遗症，他对所有扎辫子的男性作家和诗人都信不过。那个诗人满嘴跑火车，油滑，轻浮，从头到尾都在讲他跟诺贝尔奖的评委、世界上数得上号的文学大师如何如何亲如兄弟，好得要穿一条裤子。那时候他就想，倘若以后有机会站在人前说话，务必修辞立其诚。底线要守住，那就是真诚。

今天讲座的精彩，一部分也来源于他的真诚。他说：“我一定有一说一。”

饶是如此精彩、真诚和掌声不息，问答互动环节，听众还是没有放过他。

郑庚：余老师在刚才的演讲中承认，出租屋那场戏有欠考虑。请问这有欠考虑，是指艺术上的不够圆满，还是因为伤害了疲于奔命的年轻人？

余松坡：两者都有。艺术上不圆满的表现之一，即是它伤害了在座的一些年轻朋友。而伤害了各位，本身就说明了艺术上的不圆满。

王辛：余老师在接下来的演出中，会做相应的调整吗？如何调整？

余松坡：我们会积极应对。我们将参考各方意见，尽快拿出可行的方案。也许是修改台词，也可能调整演员，或者其他。比如，过道里烧菜的姑娘那一场，增加一个女演员，或许能够平衡矫正一下情感走向。

冯壬：我没有问题要问。作为小月河出租屋里的一员，我只想告诉余导演一句话，我断定这也是所有还有信心挤在出租屋里的同龄人的心声：我们没有失败，我们只是尚未成功！

余松坡带头为这个坐在倒数第四排最左边靠墙、站起来说话时声音发抖的小伙子鼓起了掌。

7.

问题不大。霍大夫给余果号了脉

票 贩 子　五折可以不？小哥，你看我出来匆忙，钱都没带够。

教授儿子　八折吧，先生。这票是昨天原价刚买的。

票 贩 子　我是真心想看。大老远的路跑过来，回去拿钱怕耽误你看戏。六折，如何？好，成交。我就知道小哥是善人。听你说话这费劲儿的，国外回来的吧？

教授儿子　我出生在英国。

票 贩 子　（指着教授太太）你洋媳妇？

教授儿子　我妈妈。

票 贩 子　我就说。后妈吧？不用看她。她那眼神，我就知道她听不懂。你后妈不错，看那一片白胸脯子肉，你爹赚大发了。头一次来蛋壳吧？就是国家大剧院。不像个蛋壳吗？

教授儿子　嗯，像。北京有很多奇怪建筑。

票 贩 子　喜欢不？比你们伦敦如何？

教授儿子　说不好。建筑是一个城市的五官。北京这张脸有点怪。你们习惯吗？

票 贩 子　习不习惯还不都得习惯？也都会习惯。跟咱有个毛关系？又长不到咱们脸上。哎呀，该进场了。

教授儿子　再见。我们进去了。希望您能喜欢这部戏。

票 贩 子　谢了，走好。（小声自语）还是咱中国好。就算你是中国人，生错了地方，你也得傻。（转身吆喝）一票难求，最后一张，原价售出，绝不加价。错过了遗憾终生，好戏马上开演啦！

——《城市启示录》

问题不大。霍大夫给余果号了脉，问明情况，又听助手介绍过孩子的舌苔，让罗冬雨不必太焦虑。不是所有的咳嗽都要跟炎症挂个钩，关键要弄明白它的来龙去脉。治疗方案:继续常规推拿;注意防风、防寒、防雾霾。

“用药吗？”罗冬雨心里还是没底。

“原则上不需要。”

霍大夫正给余果推拿，祁好来电话。罗冬雨从早上忙忙叨叨到现在，忘了给祁好电话汇报了。

“昨晚眼皮子就开始跳，跳得我心里长了草。”祁好站在大理龙龛一家客栈门口，“余果呢？没出啥事吧？”因为焦虑，说话时她在客栈的院门前走来走去。

不停地有人向她打听，这家客栈是否就是传说中的“菩萨的笑”。这地方景致极好，前面是洱海，一年三百六十五天游人都多。她点头,没错,你来到的就是“菩萨的笑”客栈，你看这堵像黄金一样漂亮的干打垒黄土墙，还有这满墙盛开的十二月的三角梅。

“没啥事，就是有点咳嗽，雾霾来了。在霍大夫这儿捏脊呢。”

“那就好。”祁好舒了口气。昨晚她看新闻，一个老太太带孩子去买菜，一路牵着孙子的手，就付二斤豆腐钱时松开了一分钟，孙子没了。菜场人山人海，像赶大集，别说一个孩子走丢了找不着，一个幼儿园赶进去都是水溶进大海。老太太从菜场这头哭着喊着找到那头，又找回来，来回四趟天就黑了，孙子还是没找到。老太太一屁股坐到菜场垃圾上，满头的白发垂下来，人就傻了。新闻评论员接着说，还有更可怕的，在菜场、车站、医院、集市等人员密集的公共场所，一定要看管好孩子，年底了，人口流动大，人心也散了，把孩子攥牢了他才是你的——扑上来生抢孩子，已经不在我们想象力之外了。听得祁好一个劲儿地打摆子，出了两手的冷汗。“儿子呢，我想听听他说话。”

罗冬雨把手机放到余果嘴边，他正趴在推拿床上。抬头说话扯了嗓子，带起了一阵咳嗽，听得祁好心又揪上了。

“妈妈，给我带的蛇皮果买了吗？”

“买了。”祁好说，“妈妈还给你买了大理的葡萄、柚子、草莓。你要不怕酸，还有很多好吃的梅子。”

“谢谢妈妈，那就没什么事了。我们说一二三挂电话吧。”

“你就不想跟妈妈多说几句？妈妈给你买了那么多水果呢。”

“不是已经买了嘛。一二三，妈妈再见。”

祁好又一阵难过。怎样才能当好一个妈呢？好在余果又一串咳嗽，让罗冬雨给祁好找了个台阶下：“果果咳嗽呢，可能不太想说话。”

“谢谢你冬雨，我这当妈的都赶不上你十分之一。可我真的揪心，刚余果咳得我心惊肉跳。跟霍大夫说说，要不给余果开点药？”

“祁姐放心，我这就跟霍大夫说。”

“如果余果能来‘菩萨的笑’就好了，这里的蓝天白云能治百病。”祁好也就说说，北京才是他们的日常生活，“那好吧，务必让余果离雾霾远一点儿。姐拜托你了。”

挂了电话，罗冬雨手机响了一下，一枚硬币落地的声音。祁好发来一条微信：《雾霾对幼童的健康影响》。第一句就吓了罗冬雨一跳：

> 2014 年 1 月 6 日，武汉某医院肿瘤科医生爆料，该院收治了一名年仅 1 岁的肺部肿瘤患者，肿瘤的直接诱因是以雾霾为主的空气污染。最近几天，大部分中国城市雾霾高发……

必须跟霍大夫商量一下了。

“你们要实在挺不住，我就出方子。”霍大夫的原则是，万不得已不让孩子吃药。“孩子的中医治疗过程里，扛不住的都是父母。你们的过度关注和纠结，往往会延缓和压抑孩子对自身免疫能力的充分开发。不过赶上这雾霾，红色预警了吧？也怨不得你们。夏医生，记一下方子。”

霍大夫口述，助手夏医生列出了方子。

“三天的量，别多喝。可适当加点蜂蜜。最好去同仁堂抓，有味药一般的铺子里没有。”

“去幼儿园呢？”

“不赶这一时半会儿。明天吧。”

罗冬雨用手机拍了方子，发到余松坡的微信上。他的戏剧工作室旁边就是一家同仁堂，有相熟的朋友。余松坡看到微信时，讲座还没开始。他说好，顺便让同仁堂代煎，晚上回家正好带回去。原方子可以稍后补上。

从霍大夫工作室出来，罗冬雨给余果戴上口罩，打车去金五星批发市场，世界上有的气球那地方都有。但被余果生生换了方向，他就要白气球。要是天桥那里没有呢？没有他就不要了，小朋友说话也要算数。出租车停在天桥底下的辅路上，二十米外余果就在车上叫：

“冬雨阿姨，我说有卖白气球的吧！”

他们上了天桥，走近了才发现白气球其实是塑料袋，类似厨房里用的保鲜袋，叫卖的竟然是“新鲜空气”。那个戴大红围巾、头发胡子眉毛长到一起的流浪汉，看上去不像行为艺术家，那只能是个疯子。罗冬雨断定他头脑不太正常，眼神在那里，比雾霾还要空茫和辽阔，整个北京他都没法放在眼里。余果并未因为是塑料袋而失望，反倒更有了兴趣。“十块钱一个。”流浪汉咧嘴一笑，一口坏牙让罗冬雨退后一步，把余果迅速拉到自己身上。流浪汉又说，“抗击雾霾，全靠新鲜空气。”

余果说：“爷爷不对，要靠大风。”

“果果不说话。”罗冬雨制止他，递给流浪汉二十块钱，“两个。”

余果说：“我四个全要。”

罗冬雨说：“小朋友一人只能买两个。”

流浪汉又咧嘴笑：“剩下的让你爸爸来买。”抽出两个塑料袋要直接递给余果，罗冬雨截下了。她捏住流浪汉干硬的黑手之上十厘米处的两根线，拉着余果就下了天桥。流浪汉又笑嘻嘻地说：“小朋友再见。”

余果说：“冬雨阿姨，卖气球的爷爷总对我笑，爷爷一定很喜欢我。”

“所有人都喜欢果果。”罗冬雨拦下一辆车，“咱们回家。今天哪儿也不能去啦。”

一直到第二天早上去幼儿园，他们都没出家门。罗冬雨把各个房间里的空气净化器都调到最大挡，然后给余果讲《大森林里的故事》。接下来是午饭和午觉。大蒜冰糖水继续喝。给余果播放英语卡通片《巴布工程师》。下午四点半，余松坡打来电话，煎好的药已经取到，但一会儿《城市启示录》的主创人员要开紧急会，中药只能会后带回去，可能要开到很晚。也就是说，余果今天可能喝不上中药，他到家时，儿子已经睡了。

五分钟后，罗冬雨打回电话，她跟韩山已说妥，待会儿他经过工作室时，帮着取回来。余松坡工作室所属地盘，也在韩山负责的快递片区里。

事后韩山对罗龙河说："老弟，你猜我在工作室里见到了谁？一个当然是余松坡。另一个，你继续猜。掘地三尺你也猜不出。鹿茜。你女朋友吧？希望没弄错。嗯，我只见过她一面，就是咱们一家人在东来顺吃火锅的那次。"

此事他原可以不说。他到工作室时，余松坡和鹿茜隔着茶几坐对面沙发，茶几上放着一个京西大学的牛皮纸信封。他们谈什么他根本不知道，只看见鹿茜搓着手，然后把两手搭在穿着黑色连裤袜的膝盖上。两腿并拢，一双修长的直腿。也许因为有第三者在场，这第三者以后没准儿还是亲戚，鹿茜稍稍有些难为情。她站起来说：

"余老师，请您再考虑一下。我还会再来的。谢谢！"

她跟韩山也告了别："韩哥再见。"

没什么好说的。看样子是来请余松坡帮忙的。恰恰是因求余松坡帮忙让韩山不舒服了，昨天下午他就很不舒服。

自己的女朋友，怎么越看越像余家的人了？因为他们有钱吗？因为他们有名吗？因为他们是城里人吗？罗冬雨的责任心和清规戒律那叫一个多，让他的生分感与日俱增。还有，在结婚这件事上她一直没松口。结了婚你也可以照样在这里当保姆啊，不就是一张纸的事吗？罗冬雨说不是，有了那张纸，你们家肯定要我做那张纸的事，老老实实待家里生娃，相夫教子伺候老人。就你们家那帮老头老太太，用膝盖想我都知道，我罗字前头不加个韩字，他们做梦都能气醒。还有我家那俩老头老太，没准比你们姓韩的还急。我都答应他们了，果果幼儿园上完我就撤。四年多都挺过来了，还差这最后一哆嗦？

“又是果果果果！果果是你儿子吗？”

韩山，我警告你，别忘了嘴上有个把门的！韩山抱着脑袋快哭了，罗老师，你哪知道我度日如年哪！能不太正经地说话，说明韩山又正常了。罗冬雨趁机安抚，我也一把年纪了，轻重缓急总还分得出来，再耐心一点，放松，放松，咱们一块儿回去。那会儿龙河也该安顿好了，现在他这么漂着我不放心。都消停了，也不枉你在北京耗这几年。

昨天下午，韩山的劲儿倒是缓过来了。他也有点恨自己，越来越没出息了，吃的哪门子的醋。回去的路上进行了深刻的自我反省，原来没这么小肚鸡肠啊，那个没心没肺整天傻乐的胖子去哪儿了呢？这一路的自我批评，德生收音机里关于朝鲜核试验说了啥，一句没听进去。晚上下班核对货单，才发现丢了一个快件，他见过那个件，终于想起来，上楼去找罗冬雨时，他把那个快件顺手放在车篮里。他想抱一抱就下来，却愤怒地“嘿咻”上了，再回来件就没了。被公司罚了两百。他给罗冬雨短信说了，罗冬雨说，就当给她送花了。两百块钱能买多少玫瑰花！

现在看到鹿茜向余松坡求助，他又不高兴了。他的不舒服无关自卑、自负，也无关自尊、自爱，就是不高兴。所以没什么好说的他还是跟罗龙河说了。听见电话里罗龙河茫然的声音，他生出一丝连自己都鄙夷的小小快意。狗日的，他骂自己，你有一肚子邪火。

“冬雨让我来取中药。”他说，他把过去一直有的“余老师”三个字给省了。

“噢，谢谢你小韩。”余松坡说，从写字台抽屉里拿出一大袋分装好的药，“给你和小罗添麻烦了。”

“客气。”韩山接过中药，“冬雨的事就是我的事。”转身出了工作室。

坐上改装过的三轮车，加油门要走时，他透过玻璃窗，看见余松坡还站在刚才告别的地方，点着了一根烟。

鹿茜来访，对余松坡来说就是添堵。她想演过道里烧菜女孩的搭档。余松坡在演讲里随口说了那么一嘴，八字还没一撇，这丫头就惦记上了。

午饭时，在场的人分成了三派。一派强硬到底，那段就是歧视，要改。一派认为没必要，挺好，没那段哪有现在的影响？第三派是，从艺术的层面上认为那一段欠妥，但在世俗的意义上，应该坚持原作，甚至要继续顶风作案,跟北京的记者一个逻辑。成功了嘛。成王败寇。识时务者为俊杰，艺术和市场究竟哪个才是“时务”？年轻人也各有各的说道。听得余松坡更是心乱如麻。

回到工作室，他躺到沙发上想眯一会儿，脑袋里两个余松坡继续打架，索性不理了，重新把剧本拿出来再看。手机响了，一个陌生的号码打进来。

“余老师您好。我是罗龙河的女朋友。”

“哦，鹿——”

“茜（xī）或者是茜(qiàn)。”

“你好，请说。”

“我有个问题想请教您。您现在在哪儿？工作室吗？”

“电话里说也方便。”

“我怕说不清楚。如果不太打扰，还是当面说比较好。”

“好吧，我在工作室。”

一根烟没抽完鹿茜就到了。这丫头有备而来啊。余松坡掐灭烟，请她坐下。跟上午的装束不同，牛仔裤和羽绒服换成了呢子大衣和半短的裙子，下摆到膝盖上面，棉毛的连裤袜，中帮黑皮鞋，施了淡妆。一个漂亮的女孩子。

“你到底叫鹿茜(xī)还是鹿茜(qiàn)，总得确定一个吧。”余松坡说，“喝点什么？红茶还是绿茶？”

“白开水吧，最健康。谢谢余老师。”她微微欠起身，又坐下，“我爸妈、同学都叫茜(qiàn)，但我喜欢叫茜(xī)，所以我给自己取的英文名字叫Lucie。您就叫我Lucie吧。”

“好，L-u-cie。你说吧。”

“非常冒昧，希望没有打扰到您。”鹿茜左右看了一下，好像是确定了没有别人在场，才点着头说，“是这样，我就直说了。您知道我是莱辛剧社的成员，最近的两出戏我演的都是女一号；您也知道我正在找工作，也希望能从事跟戏剧有关的职业，我是真心喜欢演戏；您在讲座中说，想给《城市启示录》增加一个角色，和烧菜的姑娘演对手戏。我很喜欢这部戏，饭桌上也跟您说过，所以，非常冒昧地毛遂自荐，如果有机会，我想尝试竞争一下这个角色。这是我的材料。”她从别致的皮质双肩背包里拿出一个印有“京西大学”字样的大信封，抽出一沓打印材料和图片。“这是我的简历，各种证书复印件，还有各种演出的剧照。这一张是我八岁时的照片，在排练厅里。

那时候我爸妈省吃俭用把我送到县城里唯一的一家私人舞蹈学校。”她把这些材料摊开在茶几上，介绍完了又收拢到一起，推到余松坡面前。“我想说的就这些。”

余松坡礼节性地翻阅那些材料和照片。照片里的小丫头有模有样。

“还有，”鹿茜犹疑地说，“我的三围——需要报三围吗？”

余松坡笑一下：“龙河知道你到这里来吗？”

“为什么要告诉他？这是我自己的事。”

“演戏对你真有那么重要？”

“当然，我非常喜欢。小时候我就想成为明星，大明星。”

“演戏跟明星没关系。”

“您说的是无名的戏。”

“我导的都是无名的戏。”余松坡把材料整理好，重新塞进信封里，两手交叉托住后脑勺，靠到沙发上，“龙河没告诉你，我的戏是票房毒药？”

“余导，这么说对您不公平。”鹿茜把屁股往前挪了挪，“《城市启示录》多成功啊！”

“这个戏能不能演下去都是个问题。”

“真演不下去，可能倒是好事，您的名气更大了，接下来的戏会更多、更有名。成功的几率就更大了！”鹿茜说完才意识到自己入戏太快了，止住自己的激动，不好意思地说，“当然，我还是希望继续演下去，永远演下去。要不我的角色就没了，余导您说是不是？”

余松坡觉得这女孩有点可爱了。是她一个人简洁直白到了看上去有点傻和可笑的程度，还是他们这一代人都持这种风格和价值观？自从《城市启示录》遭遇非议以来，他发现他实在太不了解这群年轻人了。

“您觉得我有戏吗，余导？”鹿茜又往前移了移，只剩半个屁股搭在沙发上。

“现在我还不能给你答复。”

余松坡的意思是：戏是否能继续演，没法定；是否改，没法定；如何改，依然没法定；最后才到她的问题，那就更没法定了。压根进不了议事日程。但鹿茜把事情想简单了，那么大一导演不拍板，就是没下定决心用还是不用。Yes or No 的问题，好办，我再来，就会想招儿让你投降的。然后，韩山就敲门进来了。

第二天，鹿茜果然又来了。

余松坡断定她提前来踩好了点儿，都没打个电话问在不在，直接敲了门就来了。而萨助理两三分钟前刚出去，她正抢上这个空当。大冬天只穿了丝袜，她的表情因此不太自然。当时是下午三点十分，习惯了午觉但没能睡成的人，通常这个点儿脸就会像她那样，呈现微醺和略显疲倦的红。黑丝袜之下，还有呢子大衣里低胸的V字领紧身黑毛衣，戴一条银白色的细项链，一颗银白色瘦长十字架，惊心动魄地悬在乳沟的阴影里。她在脸上也花了一番心思，假睫毛像屋檐一样伸出来，做了一个悠长的滑翔才开始往上卷曲。

隆重得让余松坡都难为情。他就跟她开了个玩笑："顺道过来看看？"

"不，我是专程过来的。"鹿茜说，坐到沙发上，下意识地把腿靠到沙发上取暖。这个气温，穿丝袜跟光腿没区别。黑色高跟鞋。估计她把她最贵、最成熟、最性感的装备全用上了。"我说过我会再来的。"

她这么直接倒把余松坡给呛住了。说什么好呢？"演员不是说加就加。"他说，"我们得详细论证后才能定。合不合适还另说。"

鹿茜站起来开始脱大衣。余松坡以为她暖和过来了，哪知她脱掉大衣后，像模特走台一样挺胸撅臀围绕沙发走了一圈。演艺学校招生面试有这个环节吗？她的右手从脖子开始，轻柔地往下抚摸，胸部，腰，屁股，一直把电传到大腿上。她不由自主对他眨了眨毛毛眼，她在告诉他，她有曼妙的身材，三围出众。

"坐下说话。"余松坡说，"演戏不是选美。"

“需要我背一段莪菲莉娅的台词吗？就是她对哈姆雷特哭诉的那一段。”

“现在不需要。小鹿，Lucie，听我一句，这个戏最后怎么办，悬而未决，意见还不统一。一部好戏要靠集体的智慧。”

鹿茜坐下来：“如果这部戏不行，那下一部戏呢？您以后的那些戏呢？”

“惭愧，我没敢想那么远。”

“您不需要往远里想。只要您觉得我合适，同意要我。现在就可以。”

这孩子非要拿一个结果，这么纠缠下去没有意义。余松坡站起来：“Lucie，小鹿，我们会认真考虑的，你先回去。”

“那——”鹿茜也站起来，左右看了一下，迅速走到余松坡面前。沙发和茶几之间的距离本来就不宽敞，横插进一个人，余松坡本能地往后退，腿抵住了沙发，差点跌坐下去。鹿茜一把抱住余松坡的腰，身体贴过来，鼻翼、呼吸和胸部同时剧烈起伏：“余老师，如果需要潜规则，我，我愿意。”

余松坡云游世界多年，对女人的阵势多少见识过一些，但鹿茜还是让他震惊了一回。他要推开，她抱得更紧，丰满的胸部压在他身上，他能真切地感到两个柔软、温暖的圆。她的脑袋钻到他下巴与锁骨之间，干净的头发散发出沙宣洗发水的香甜味。他是个正常男人，他给了自己十秒钟时间稳住阵脚——你可以想身体之外的任何事情：大海航行，京剧，网络审查，一家叫“菩萨的笑”的唯美客栈，银河系，都行。这个青春美妙的身体在抖。余松坡突然感到了岁月的浩荡，他有一种做父亲的感觉。依他的年龄，使使劲儿，都可以把她给生出来。他推开她，在沙发上坐好，说：

“把大衣穿上，小心着凉。”

窗户外有个人影闪了一下。余松坡站起来冲到门边，拉了半天门拉不开，门被从里面锁上了。等他打开门，马路上车和行人都在走自己的路，没有人看上去和他们有关。余松坡回到房间，鹿茜穿好了衣服，两腿并拢，双手放在膝盖上，因为紧张目光躲躲闪闪。

“罗龙河吗？”余松坡说。

“不是。”鹿茜说，看到余松坡缓慢竖起来的眉毛，她也结巴了，“我是说，应该不是。他不知道我要过来。”

“那是谁！”

“我也不知道。”

“你不知道？”

“余老师，我真不知道。”鹿茜站起来，紧张地辩解，“余老师您别误会，没有骗局，也不是什么陷阱。我真不知道有人。我要说谎我是小狗！”

余松坡指了指门。

“对不起，余老师。我把门锁上了，就是想让您听完我说话。我担心刚才出去的那个人要进来，我就更说不出口了。余老师您别生气,求您了。我不演了还不行么？可是，我真的很喜欢演戏。”鹿茜哭了。

余松坡用三秒钟做了两个唾沫下咽的动作，又指了指门：“好，你走吧。”

鹿茜逃亡般地离开工作室。

余松坡给萨助理打了个电话。萨玉宁还在银行，票房的账面上出了点小差错，能听见营业厅里的声音。那会是谁呢？余松坡理不出头绪，干脆随他去，要真有事来，想明白了也没用，坐下来继续推敲要修的剧本。

韩山庆幸他改造了坐骑，比别人的马力都大，一加油门就拐到了另外一条街上。偷窥这事有点龌龊。谁让是雾霾天呢，大太阳底下还真不好意思。但是，韩山在心里郑重地转了一下折，此事重大，关乎我未来妻弟妹也就是我未来小舅子的媳妇，做姐夫的还是要管。没有条件创造条件也得上。

此事韩山的确上了一点心，他也说不清是对余松坡不放心还是对鹿茜不放心。或者是对余松坡怀了点小恨？

说不好。总之，昨天赶上鹿茜私见余松坡，他直觉这事没完，而鹿茜也不避讳，她还会再来。那我就守株待兔，无为而治。反正他跑这片区,有事没事从这条路上跑一圈，有事没事透过窗玻璃看一眼。没情况最好,有点风吹草动，嘿嘿，那就对不起了。第三趟经过这附近，看见了鹿茜从公交车上下来，都零下了她还穿着丝袜！韩山抽了一口冷气，停下三轮车点上根烟，远远地看着她。看她走到余松坡戏剧工作室窗户外；看她退回来；看她若有所思地在报刊亭旁边走动，跺着脚取暖；看她买了一本杂志心不在焉地翻阅；看她看见一个小伙子从工作室里走出来；看她把杂志装进包里，深呼吸，做祈祷状；看她垂下两臂，先是缓慢随后匆忙地走向那扇门；看她敲门；看她进去；看她关门时向外张望了一下。门关上了。

有那么几分钟韩山在犹豫，是不是马上离开。但他还是留下了，把车开到最隐蔽也最容易跳上去就跑的位置上，慢慢地走向临街的窗口。他站在他们很难发现的窗户一角，但从那个角度只能看见鹿茜，余松坡最多看见两条腿和他搭在肚子上的两只手，脸在视野之外。窗户紧闭，说什么他听不见。然后他看见鹿茜站起来，脱掉大衣，拧着细腰绕圈，最后冲过去抱住余松坡的腰。接下来的细节他必须把脑袋再往前伸一下才能看清楚。未来的妻弟妹（如果可能的话）把头搭在姓余的肩窝里——此时韩山想，她可能不会成为他未来的妻弟妹了。他看见余松坡的鼻子和半个腮帮子在鹿茜的头发上小心地蹭了蹭，似乎嗅了嗅。他要推，没推开。

从韩山的角度看，余松坡抱着鹿茜，两个人的造型和格局好像的确比罗龙河抱着鹿茜要合适，虽然他也没见过罗龙河抱鹿茜是什么样。从整个过程看，韩山当然明白，两个人的关系到目前还是经得起推敲的，即使抱在了一起。可问题是，脑子里不知道哪根筋搭错了，他想到了余松坡抱罗冬雨的样子，一股血就沿着鼻梁直奔上脑门了。他甚至还想到，比鹿茜身材更成熟的罗冬雨如果在姓余的怀里，无论造型还是格局都要比现在更和谐。因此，即便接下来余松坡强硬地推开鹿茜，他还是觉得这姓余的挺招人恨。狗日的！他在窗外对着房间里挥起了愤怒的右手。

在余松坡扭头要往这边看时，他迅速闪过窗户，直奔送快递的三轮车。发动，松开刹车，加油门，一气呵成，拐到了另一条街上。

8. 五点半不到，所有主创人员都来齐了

卖菜人　教授，谈钱咱们就远了。不过，要不谈，我可能还有点别的事儿。

教　授　我就知道你小子的鬼心眼儿。放心，一个子儿不少你的。

卖菜人　您老见谅。这世道，时间就是金钱，卖菜的也耗不起啊。您想想，我一大早从通州坐地铁过来，先八通线，再转一号线，再转十号线，再转六号线，到北海北站下车又走了十几分钟，不容易。我相当于闷头在北京的血管里穿行了俩小时。但不得不说，教授您选了个好地方。我头一次喝猫屎咖啡，猫屎也能弄出来咖啡，咱们人类真是太牛逼了。您说吧教授，想知道什么？

教　授　就那天晚上的事。

卖菜人　咱能换个话题吗？我谢谢您大人大量没跟

我计较还不行么？

教　　授　别装。你心里亮堂着呢。

卖菜人　好吧。您知道的，抢您的两百块钱就是付嫖资的。出门时记得装了钱的，完事后一掏兜，没了！您说操蛋不？我得找钱啊！提上裤子就不认账，咱不是那号人。咱是个堂堂正正的卖菜的。别觉得卖菜的不重要，教授。一个卖菜的不重要，很多卖菜的在一起就重要了，相当重要。我们是外地人，没错，可要没有咱这些凌晨三四点钟就拉车出门的外地卖菜人，你们北京人吃啥？喝风屙屁？别逗了。我跟您说教授，您知道春节大白菜多少钱一斤？三块。不骗您。还买不着。我们都回老家了嘛。你们城里人傻眼了吧？我听说那些没富到流油可以天天下馆子吃大餐的人，年夜饭吃的是他奶奶的麦当劳。笑死我了。您说我们重不重要？您就说重不重要吧？可是你们城里人眼窝子浅，有菜吃时看不见我们，嫌我们脏乱差，到处乱窜，影响市容，扰乱市场，给首善之区带来一大堆不安定因素；一片新鲜的叶子都找不着了，你们又开始骂，这帮卖菜的死哪儿去了。

教　　授　你跑题都跑回通州了。说别的。

卖 菜 人　真得说？多难为情啊。好吧教授，我只说二十块钱的。

教　　授　放心，说二十块钱的，我付五十。

[教授儿子装着小猴子汤姆上。他约一个北大的网友见面，准备商讨北京一日游的事。他们沉默着商谈，看地图指指点点。教授与卖菜人的谈话变成了画外音。

卖 菜 人　那多不好意思。就这么定了。我决定给您说六十块钱的。那天晚上吧，真他妈蹊跷，钱没了。咱不能怀疑人家小姐。那姑娘才二十一岁，人家不容易。我说我把手表押这儿，一小时后来赎。附近有个卖菜的同行，我跟他干过一架，见面也相互不搭理，但我了解这家伙，出这事他不会袖手看笑话的。去了他的出租屋，老小子不在！我就出汗了。都怨我小心眼儿，打完架把他手机号给删了。然后就碰上你在路边买煎饼果子，正掏钱包，我抓了就跑。教授，我看出了您是好人，所以您看，我只取了两张老人头，就把钱包扔还给您了。您的确是好人，仗义，要不怎么当教授呢。警是报了，但又主动销了案，就冲这一点，我感激您一辈子。我决定讲七十块钱的！

就说那警察，我跟您说，不地道，早早在树后头埋伏好了，单等着我进去还完债出来，一把摁了个正着。有这么扫黄的吗？你要扫就直接拦着人别让进去，你要扫就干脆把洗头房查封。你就留着，随他门洞大开，粉红的灯光亮着，你放一个个男人进去，等他褪下裤子了，提上裤子了，你才扑上去，啥意思？明摆着是钓鱼，就是想捞点他娘的罚款钱吗！我知道您想问那点事儿,性。不就那点破事儿嘛。可是，教授您想想，咱们孤家寡人待这里，起五更睡半夜，除了块儿八毛赚点钱，还有他妈的啥乐趣？那又算啥乐趣？其实就是把憋了大半个月的那躁动和邪火给弄出去。舒坦已经不重要了，要的是平息，安静下来接着起五更睡半夜，块儿八毛地去挣。其实，这事真没啥好说的。

——《城市启示录》

第一次在工作室把鹿茜打发走的那个下午，五点半不到，所有主创人员都来齐了，开始讨论接下来戏该怎么演。萨助理打电话叫了肯德基外卖，他们一直讨论到晚上十点，争执不下。结果完全在余松坡意料之中，如同一方几个余松坡，把非此即彼的同一个问题重新来了一遍。

以“教授”为代表的一派，主张按兵不动，该怎么演就怎么演，天塌不下来。以“初恋情人”领衔的一派，希望往温和里走，古往今来，凡跟年轻人作对的都没有好下场。以萨助理为首的几个人，则觉得步子还可以再大一点，索性往痛快里玩，流芳千古和遗臭万年是一回事，就是咱们成了。

“观众现场集体抗议又怎么样？”萨助理言词慷慨，“天肯定也不会塌下来。而我们必将收获更多的眼球、票房和知名度！在座的各位都将成为艺术界的大咖，进个公共厕所都有人追着你要签名。与大家的观点不同，我们永远不会卷铺盖走人。一个戏臭了，无数个戏看起来！”

“庸俗的成功学！”“教授”反驳，“步子太大，要扯着蛋的。”

萨助理说：“庸俗的成功学也是成功学。再说，假以时日，庸俗还是高雅，谁说得准呢？”

“事关剧组大计，也跟每一位同人的前途血肉相关。”副导演扶住他不断下滑的眼镜，跟余松坡说，“余导，要不投票表决？”

“剧组重要，每一位同人重要，成功也重要，但更重要的是，”余松坡说，扭头看一眼墙上挂的一副字，“不忘初心，方得始终”。“——先散了吧。”“戏剧”两个字在他嘴里盘桓了很久，咽下去了。

委实果决不下。所有可能出现的问题，就算是一个个生瓜蛋子，这几天里也被余松坡翻来覆去地想熟了。最终发现，这些怎么就成了问题了呢？二十年了，他从来都把戏剧本身放在第一位，唯一要考虑的就是戏剧本身，你愿意看就看，不愿意看走人，不需要操心票房，甚至连前途都没操心过。但现在他回到中国，回到一个一直吸引他的复杂现实里，他不仅没能艺术地思考和处理好复杂的现实，他的艺术也被现实弄得无比复杂，难以把握。一环套着一环，远虑与近忧，牵一发而动全身，哪一个问题是最根本的问题？哪一个问题是最重要的问题？哪一个问题是最有意义的问题？哪一个问题是最有用的问题？全都是，又全都不是。最根本的与最重要的你分不清；最有意义的与最有用的同样分不清。投票表决也不过是强迫你做出选择，你的选择结果跟真相其实没有任何关系，你只是往前走了而已，是无限接近还是南辕北辙、背道而驰，你并不知道。

先散了吧。

回到家，已经十点三十五分。余果下午睡得不错，这会儿还精神着呢，穿着睡袋在床上玩白气球，一边听罗冬雨讲故事。罗冬雨说："小熊穿过漫无边际的大雨走回到森林里，脸都累白了，身体重得都抬不起脚。"

余果说："小熊不应该累得减肥了吗？为什么身体还重了呢？"

罗冬雨说："因为大雨把它浇透了，骨头里都进了水。"

"就像我这样。"余松坡换了拖鞋走进房间，迈着沉重的步子，"雾霾也进到了爸爸的骨头里。"

"爸爸骗人，雾霾是轻的！"余果跳起来，两只装着新鲜空气的塑料袋掉到了床下。从下午到晚上他都在问，为什么这白气球飘不起来。罗冬雨告诉他，因为里面装的是空气。余果不明白，幼儿园门口卖的气球里装的也是空气啊。他分不清空气和氢气，要等爸爸回来问爸爸。"爸爸帮我捡气球！爸爸，为什么我的白气球飘不起来？"

余松坡一看到地板上的塑料袋，脸就撂下来了，他以脚步踉跄为由，罗冬雨都没来得及阻止，一脚一个，全踩炸了。余果也跟着炸了，哭着喊着要白气球。余松坡说，这样的气球他也会做，马上就做。余果还是不依不饶，非要原来的。余松坡突然就怒了，拍着床头柜大吼一声：

“余果，不许你再闹了！”

余松坡陪孩子的时间不多，但一直是慈父，极少对儿子突然间发这么大火。余果也吓着了，一头扎进罗冬雨的怀里，哭着说：

“冬雨阿姨我们走！”

“果果不哭，你要阿姨带你去哪儿？”

“我们去幼儿园。我们不要爸爸了。”

余松坡自知失态，就退了出来，从厨房抽屉找出四个保鲜袋，回到房间，当着儿子的面一个个灌进空气，找线扎上口，送给余果，“儿子你看，爸爸给你做了四个白气球。”

“爸爸错了，爸爸要道歉。”

“好，爸爸给余果道歉。对不起余果，爸爸再累也不该发脾气凶余果。”

“好吧，余果接受爸爸道歉。”余果揉着眼睛，尝试让气球飘起来，每一个气球都结结实实地落在床上。“可是，爸爸的气球也飘不起来。”

余松坡把儿子抱到怀里。“所以爸爸说，雾霾进了爸爸的骨头里。爸爸像小熊一样重得抬不起脚。”

总算把余果安顿好，小东西抱着四个圆鼓鼓的保鲜袋睡着了。余松坡去了书房。他坐在书桌前，盯着手心里攥出汗来的两个踩破的塑料袋，脑子里还是那句话：雾霾进到了我骨头里。

罗冬雨敲门进来。砸玻璃的案子有了结果。傍晚林警官下班路过，特地上楼来通报。“咱们家的玻璃被人砸错了。”罗冬雨希望能以此安慰余松坡，宽宽他的心。在余松坡看来，砸玻璃事件与《城市启示录》遭遇的非议和质疑一脉相承，有人要给他点颜色看。罗冬雨也感觉最近余松坡压力巨大，前天夜里犯了病，今晚又对余果发了火，他极少如此失态和狼狈。放心吧，没那么多人恨你。“人家要对付的，是隔壁 3 号楼的咱们这家。”

“你的意思是，砸窗户的人弄错楼了？”

“就是这么回事。”林警官傍晚过来，站在门外跟罗冬雨说，“我就不进去了。嫌犯供认不讳。你们若需要赔偿，尽快报个合理的数目，电话通知就好，我们也希望尽快结案。孩子都好吧？”

“嫌犯为什么要砸窗户？”余松坡很好奇。

“别人花钱雇的。”林警官蹲下来捏着余果的小脸，“今天没去幼儿园吧？”一早她在幼儿园门口维护交通秩序，没见着小余果。雾霾这么重，不去也好。“俩人合伙做生意闹掰了，散伙后，一个觉得还是吃亏，心里不舒坦，怎么都过不去这坎儿，就从河北燕郊雇了个二流子，整点事恶心恶心对方。那二流子脑子也不够用，就想小时候跟人吵架流行砸玻璃，揣着个弹弓就进京了。雾霾大，没看清楼号，2 认成了 3。窗户倒没数错，就对着你们家窗户来了两弹弓。砸完就跑去领赏了。”

余松坡又问："他什么时候知道砸错了？”

“邀功的时候，被老板扇了俩嘴巴子。”林警官说。见余果对她的警帽好奇，就把帽子摘下来给余果看，还帮他戴上。她说，咳嗽的小朋友要多喝热水，好好吃药。“老板说，砸个玻璃能恶心到他一根脚趾头？太他妈小儿科了！你还给我他娘的砸错了。玩点儿大的。嫌犯就问，啥算大的？老板又给了他一嘴巴子，我啥都知道，找你干什么？只管玩儿，老子不差你钱。捂着兜没给，把他给呲儿回来了。”

“接下来怎么说？”

“昨天上午小区门口发生起车祸，你不知道？”林警官说。

罗冬雨说："就听满大街的车都在摁喇叭，警车和救护车也到了。是那事儿吗？”

“就它。嫌犯想，那就玩儿大的。”林警官说，“他开了辆车等在小区门口，一直没熄火，等了仨钟头，老板要修理的那冤家出来了。一个四十岁不到的高个儿男的，一表人才。哪知道会被人惦记着，出了小区门就点火抽烟，刚吸第二口，一辆长安铃木倒车，就冲他倒过来了。嫌犯以为他会躲，哪承想对方一门心思抽烟，就撞上了。”

“人怎么样？”余松坡问。罗冬雨当时也这么问。

“丢了半条命。哎呀血糊淋拉的，不说了，孩子在旁边。”林警官站起来，“小朋友回屋去玩。下次在幼儿园门口见到林阿姨，要说林阿姨好啊。情况就这么个情况。”林警官整理好衣帽，跟罗冬雨和余果再见，“索赔的数额及时通知我们。”

余松坡说：“两块玻璃，也值不了几个钱，就不跟着凑热闹了。没被盯上就好。”

“所以，余老师就放心吧。”罗冬雨说，“戏剧的事我不懂，您也一定会处理好的。果果和家里您不必担心，有事我可以找龙河和韩山帮一下。”

“谢谢，我没事。你早点休息。”

余松坡从抽屉里拿出稿纸，继续他的《我这二十年》。

第二天上午罗冬雨收拾书房，从地上捡起几张凌乱的稿纸，上头一个字没有。《我这二十年》昨晚毫无进展。在阳台上，罗冬雨发现了五个烟头，应该是余松坡睡前抽的。玻璃事件都解决了，他深度焦虑的到底是什么呢？

而当天夜里，凌晨四点多，余松坡发病了。

罗冬雨被惊醒时，正梦见余果咳嗽，班主任袁老师描述得没错，咳得直不起腰。硿硿硿，声音邈远，仿佛旷野里在开山炸石头，偶尔又尖锐得如在耳边。她猛地睁开眼，打开夜灯，余果在小床上保持右侧睡姿，正安然入眠。房间里唯一的响动来自空气净化器，也细微到不竖起耳朵就会被忽略。声音在房间之外。“咣”，瓷器落地的声音。罗冬雨立刻意识到，余松坡出问题了。她掀开被子，穿着睡衣就开门往外跑，仓促间两只拖鞋也穿反了。

客厅没人。所有家具井然有序。而此刻整个房子安静下来，客厅里的空气净化器和加湿器声音私密，仿佛两台机器在夜半耳语。罗冬雨在寻找声源，偶尔外面传来含混的车声。余松坡的房间门半开，他肯定出来了。楼上？她刚上两个台阶，又退回来。不管余松坡在哪里，制止他的暴力和破坏性的最终方法都是打开留声机。

非常好。墙角的留声机掀开盖头，黄铜喇叭在幽蓝泛着灰白的光线里发出难以名状的怪异的光。电源，开关；抬起，放下；唱针落到唱片上，第二十一圈，二胡的一个极具爆发力但又无比节制隐忍的回弓，《二泉映月》从喇叭里弥散出来。整个客厅瞬间充满教堂般的庄严。罗冬雨继续上楼，行至一半，听见一个声音从楼下的某个房间里传来，短促、沉闷又胆怯。她犹疑地走下台阶，把脚步放到最轻。她牢记祁好说的：不要惊醒他。

书房的门关着。余家不习惯平日里把房间门关上，除了厨房和卫生间。只要书房没人，门永远是敞开的。余松坡说，那些文字也需要呼吸。罗冬雨提着脚步靠近书房，二胡声在客厅缭绕，织就了一个荡漾着的梦境，忧伤，恍惚，妥帖。

“咚”的一声。应该是人撞到了椅子上。没错，声音在书房。

罗冬雨站到一侧，试着去推左边那扇门，缓缓打开的却是右边那扇。一瞬间罗冬雨想到凶杀案和恐怖片，但右门打开后，走出来的是余松坡，一脸梦幻般悠远缥缈的表情。可以肯定，此刻他根本没有活在当下这个世界里。罗冬雨从洞开的书房门看进去，城市之光从窗户倾泻进来，书房一片狼藉。在刚刚过去的一段时间里，余松坡躲在书房对自己发起了一场孤独的战争。《二泉映月》进入了急管繁弦的一节，余松坡加快脚步，走到沙发边,二胡声舒缓下来。余松坡坐到地毯上,背倚沙发，盯着一个看不见的地方。罗冬雨在书房门边一动不敢动，看见有光进入到他眼里，越聚越大，最终溢出眼眶，源源不断流过脸颊。这个灵魂出壳的男人,坐在《二泉映月》里足足十分钟。第一遍快播放完毕时，罗冬雨见余松坡丝毫没有离开的意思，赶紧走到留声机前，让唱针重返第二十一圈，一个新的开始。余松坡在第二轮音乐里泪流满面。罗冬雨很想走过去把他的脑袋抱进怀里——这得有多大的伤悲，才足以让一个男人夜半梦游，在连绵不绝的二胡声中止不住自己的眼泪。他的伤悲和焦虑从何而来？

余松坡站起来，转身回了自己的房间。如此轻盈、自然、家常，仿佛他只是起了一次夜，撒完一泡尿接着回去睡觉。轮到罗冬雨恍惚地待在留声机旁，她想不明白。但她的职责不是想明白，而是应付好。她走进书房，简直就是一片书籍的废墟和坟场。她睡得如此深沉，这些书本落到地板上的浊重之声她竟没能听到。椅子倒了，书桌歪了，文具和纸张散落一地。临时小书架倾斜，一些花瓶和小饰品，以及来自世界各地的工艺品面具，碎的碎，倒的倒，压在书上或被书压在底下。摆在窗台的绿萝也垂到了地上。仙人球歪在地板上，竟然没扎破他的手。

收拾好书房是个浩大的工程，明天只能找帮手了。罗冬雨把书房门合上，锁死，拔出一直插在锁眼里的钥匙。首要的是，明天一早不能让余松坡看见书房里的惨状，免得刺激他。而余松坡夜游的频率之高，让罗冬雨不得不谨慎。天亮以后得给祁好打个电话。

第二天早上，罗冬雨送过余果从幼儿园回来，余松坡刚起床，正在卫生间刷牙。和平时一样，问了余果咳嗽如何，去幼儿园的路上乖不乖，袁老师有什么建议。罗冬雨一一作答。

霍大夫的中药效果的确很好，昨天夜里就没咳。早起和上学路上遭冷风和雾霾刺激，咳嗽了几声，听着也不吓人。她跟老师说妥了，中午会温一袋中药送过去。袁老师的唯一建议是，不要再请假，马上元旦汇演了，两个集体节目余果都站第一排，缺了不好看，演砸了更不好看。“你这当妈的肯定也希望孩子表现出色吧？”袁老师说，“噢，对不起，不是妈，是阿姨。你看我老是给弄混掉。但余果可是真心依赖你，汇演时每个小朋友都要请一个家长来，我问他请谁，他说请你。”当然，袁老师的话罗冬雨没告诉余松坡，只说不能请假，要汇演。

“对了，果果很乖。”罗冬雨对余松坡说，“昨天林警官让他再见面要叫阿姨，刚在幼儿园门口遇上，果果在马路这边就挥手大喊林阿姨早上好，林阿姨辛苦了。林警官开心得抱起他一个劲儿地亲。”

儿子长进了，当爹的也开心，余松坡一嘴牙膏沫高兴得直点头。接着他开始剃胡子。剃胡子这件事他一向专注，他不允许自己胡子拉碴地出门。“每剃完一次胡子都是一次新生。”他对着镜子跟罗冬雨说，“新的一天开始了。”

罗冬雨没看出昨夜的伤悲给他留下什么后遗症。早饭正常。直到离开家门，他也没问起书房的门为什么锁上了。可能一早不需要去书房，门关上也没在意。如果非要找一点异常，那就是他出门前穿外套的时候，刚要伸袖子，胳膊肘痒了，他去挠，挠的时候发了一阵呆，挠完了很久，那只胳膊还举着。

9.

你发誓，咱们的谈话你不会告诉任何人

初恋情人　别用你的伦敦经验来审判北京。

教　　授　还有爱丁堡、开普敦、巴黎、巴塞罗那，以及众多国家的城市。

初恋情人　对，北京之外的全世界。那又怎样？你还不是回来了？

教　　授　我爱这片土地。

初恋情人　你只是爱在这片土地上骗吃骗喝。

教　　授　我做研究，我想把她看得更清楚。

初恋情人　以研究的名义行骗？

教　　授　我爱这片土地上的人。我爱……你。

初恋情人　带着你忘年的小媳妇来爱……我？呵呵。

——《城市启示录》

“你发誓，咱们的谈话你不会告诉任何人。”

祁好站在自己的房间里，门关死，销上。她的脸占据了大半个手机屏幕，化过了淡妆，但眼袋还是轻微地垂了下来。祁好的表情极为严肃，如同房间墙壁上装饰的古砖。因为手机偶尔晃动，罗冬雨便在手机屏幕扫过的地方看见了房间景致。客栈的名字“菩萨的笑”被写成书法，装裱后挂在床的上方。家具一例古雅，多宝阁上栽种了不知名的嫩绿植株，床对面摆着一张酱红色的茶桌，有一盏袖珍的香炉置在案头，淡得一带可过的烟从炉子里冉冉而出。网络信号很好，手机的像素也高，罗冬雨通过手机如同亲眼看见了祁好喜欢的那家客栈。她们在用手机微信视频，省了一笔长途电话费。

“我发誓，祁姐。”罗冬雨说。

“昨天夜里的事你也要发誓。”

“好，祁姐，我也发誓。”祁好的隆重出乎她意料。

“对不起冬雨，不是姐信不过你。”祁好眼圈红了，泪水一点点漫上来。擦眼泪的时候她别开手机，屏幕和摄像头就转向了窗外。十二月的大理依旧绿意盎然，水稻早已经收割，空出来的水稻田里长满了各种应季的蔬菜。沃野平畴，一直延伸到苍山脚下，山头上有雪。祁好作为国内一家著名医药出版社的特邀代表，来大理参加一个营养学领域的高端论坛。与会人员来自世界各地，人数众多，只能分散住进不同的酒店和客栈里。祁好选了“菩萨的笑”。她喜欢这名字，前有洱海波涌，后有苍山顶雪。客栈建在古南诏国一望无际的稻田里，它的设计及其与自然环境间的关系，让她心安笃定。擦过眼泪她继续说:“老余这些年不容易，半条命都搭给了戏剧。这些事要捅出去，小报记者知道了，老余就该退休了。”

有人敲门。

“冬雨，我得去会场了。”祁好说，“你是我们在北京唯一的亲人，拜托了！”

剩下罗冬雨攥着手机在阳台上愣神。罗龙河一大早被她叫过来，此刻正在书房里帮忙收拾整理。早上她给祁好打了电话，日常通报之外，她更操心余松坡的状态。她不明白怎么回事，也就不知道接下来该怎么办。开始祁好只是听着，嗯，嗯，明白，我知道了。好像罗冬雨在说一个跟她不相干的人。挂了电话，罗冬雨正和弟弟搭手清理书房，祁好电话来了。

“上网方便吗，冬雨？”

“我去开无线路由器。”

“有些事我们必须面对面说。家里有人？”

“我弟弟。来帮我收拾书房的。”

“你到阳台去。”

罗冬雨被弄得很紧张，到了阳台，把连着客厅的门窗关得半丝缝也不留。双层玻璃，她确保罗龙河在书房里一个字都听不见。

刚刚罗冬雨的例行电话打过来，祁好倒没觉得多大的事儿。化妆的时候越想越不踏实，手在脸上同一个地方反复涂抹，仿佛要在一张空白的面具上画出某种深刻的表情来。直到她在镜子里看见了这个机械运动，意识到自己走神了。摊上大事儿了，天大的事儿。

视频等同于面对面，可以相互盯着对方的眼睛说话。“我说的每一句话都是真的。”祁好坐在茶桌前的红木椅上，“认识余松坡的第一天，我就知道了，《二泉映月》对他有多重要。”她要郑重地把秘密告诉罗冬雨。

那时候他们都在哥伦比亚大学读书。祁好念硕士，营养学专业，早听朋友说起过一个学戏剧的中国留学生，才华横溢，但孤僻迂腐，外号“余夫子”。才华横溢是因为文章漂亮。纽约有家华人报纸叫《侨报》，舞文弄墨的留学生喜欢给他们写点豆腐块赚些零花钱。“余夫子”是《侨报》上的常客，用的笔名也是“余夫子”。祁好没事时看过几篇，因为短，也没看出什么惊世之才，好看倒是挺好看。真觉得他有大才，是他在有奖问答中给出的那奇绝的答案，就是余松坡在饭桌上对罗冬雨讲过的，中国留学生心中的女神是“老干妈”。不过那时候他们已经认识很久了，他的孤僻祁好也有耳闻。余夫子话少，朋友也不多，喜欢独来独往，永远都是一副先天下之忧而必忧，后天下之乐而不乐的表情，在图书馆可以坐一天不出来。孤僻一是因为性格使然，一脸清寡之相；二是据说喜欢做噩梦，半夜经常惊恐地大叫，几位同租室友都吓跑了，他被迫孤僻了。至于迂腐，文人再活泛也比一般人酸，稍微“之乎者也”一下，很多人就不舒服；余松坡又是从乡下来的，重情重义爱瞎操心，脑子里条条杠杠的封建残余比较多。

见到余松坡，是一个江苏老乡张罗的，春暖花开，一帮留学生骑自行车去长岛东部的冷泉港爬山。老乡指着一个高瘦帅的小伙子向她介绍：传说中的“余夫子”。的确像影视里的书生那样单薄，但因为高瘦帅，祁好还是多看了他几眼。偶尔会笑，那相当于拨云见日，笑起来还是能闪烁出一点天真和阳光的。抽烟，但牙齿没受污染。一口好牙也是祁好喜欢余松坡的理由之一。那时候祁好还是小姑娘，没有机会发福，瘦弱的小身板，头发倒挺长，差不多及腰了，一长串自行车她落在最后，还得不时扭过身照顾一下被风吹散的头发。“余夫子”也在后面，倒数第二或第三，并非主动慢下来要怜香惜玉，而是神游万仞、精骛八极，思考先锋戏剧的问题，投入得如同灵魂出壳。为了给自己的孤僻找个借口，腰间别了个随身听，耳塞也装模作样地挂在耳朵上。一直骑到了杭廷顿镇他都没说一句话。

他们从杭廷顿小镇图书馆附近的入口处进山。自行车一块儿歪倒在停车场的一角上。山不高，山头多，十来个。一个个爬过去也挺没劲的，有人提议，直奔最险的那个山头。大家一起冲过去。山不算险峻，石头也不嶙峋突兀，但偶有犄角旮旯处，攀爬倒也不方便，尤其一队拥挤的人马，一路还要说笑。跨越一个石堆时，几个人挤到一起，不知道哪个人手上多了点小动作，余松坡腰间的随身听被挤脱了腰带，骨碌碌翻滚着落进坡下的一道石缝中。石缝有点深，一胳膊够不到底，树枝倒是探到了下面，钩不出来，得人下去捡。

男生里最瘦的是余松坡自己，偏偏石缝边有三棵树，能利索下去的地方都被树挡住了。余松坡把自己往树和石缝间拼命挤，可再瘦也是男人的骨架，不是这个地方多出一块，就是那个地方塞不进去。余松坡急了，满头满脸的汗,显出异常的焦躁。祁好决定试试,她瘦小。“我决定下到石缝里真不是要当雷锋，”她对罗冬雨说，“而是看不下去他那着急样儿，快歇斯底里了。真是瞧不上，不就一个随身听，犯得着吗！”结果是，祁好从石缝里捞出了随身听。递到余松坡手上时，她想的是，从此可以不与此人打交道了。

从山上下来，他们到一家比萨店吃午饭，面对面坐成一长溜儿。在美国待久了，一群中国人也习惯了AA制。余松坡坐祁好对面，说："你的我请。"

祁好说："因为我帮你捡了随身听？"

"不是。是你捡出随身听后，没对我发牢骚。"

祁好想，嘿，那是我懒得发。

"扔掉一个随身听也的确不算个事儿。"余松坡在考虑是不是要继续说下去，"但对我不一样。这盘磁带难得。"

有点意思了。祁好看着他，继续吧。余松坡却打住了。轮到祁好沉不住气了："这个牢骚我得发。最讨厌别人说半截子话。"

比萨已经上桌。跑了一上午，一个个饿得都可以吃下一头牛不抬头，厚得像教科书似的比萨他们也不挑剔，吃得津津有味。祁好揪下一块比萨盯余松坡一眼，这人真够讨厌的。

"对不起。"余松坡说，"那盘带子里反复只录制了一首曲子。"

"磁带坏了？"

"你得允许我有点秘密。"余松坡当时好像做了个鬼脸。反正祁好发现了"迂夫子"身上竟然也能灵光一现，榨出点幽默感来。

"那我请求试听一下。"

余松坡把随身听给她。祁好一边吃一边听。二胡曲《二泉映月》。快进，还是《二泉映月》。再快进，依然是《二泉映月》。继续快进，《二泉映月》。又快进一次，在《二泉映月》幽咽的二胡声里，磁带到头了。一个心怀《二泉映月》秘密的男人会是一个什么样子的男人？他的秘密又是什么呢？

必须承认，这个秘密是他们俩的月老。祁好鬼迷心窍地就想弄明白，余松坡一谈到这话题就王顾左右而言他。然后，他们有意无意在校园、食堂、图书馆和各种中国留学生的活动里“偶遇”。

有一天，他们又在图书馆“偶遇”。纽约的春天停了暖气，和北京一样冷。余松坡在资料室靠窗户的位置坐下，阳光穿过高大的窗户照进来，温暖覆盖了最边上的三四个位子。祁好走进来，她在找。余松坡“及时”地扬起手。他在身边阳光普照的位置上放了一本书，偷偷地占了一个座。祁好坐下来，一个完美的“偶然”。

然后，他们要感谢一支笔。有史以来祁好用过的最贵的一支派克牌钢笔，掉地上了，这次他俩一起弯下腰去捡。空间也没那么大，不过足够两个人同时把手伸过去。一个伸过去的是左手，一个伸过去的是右手，男左女右，右手抓到的是笔，左手抓到的是右手。两只手都没有动，两个人也没有动，仿佛上帝的钟表在那一刻停下不走了。静止，资料室的声音，图书馆的声音，哥伦比亚大学的声音，纽约的声音，美国的声音，北美的声音，整个地球的声音，还有我们寄身的这个宇宙的声音，他们全听不见了；他们抬起头，眼睛里只看见了对方，左眼里有一个对方，右眼里也有一个对方，但两只眼睛同时看，却只看见一个对方。他们没有问对方这是为什么。左手拿着右手，右手拿着笔，他们一声没吭，但他们都听懂了。两个人你抓着我手，我抓着笔，来到图书馆外，出了门余松坡一把抱住祁好，说：

“我告诉你为什么是《二泉映月》——”

祁好踮起脚，用嘴堵住了余松坡的嘴。

余松坡被堵得喘不过来气，推开她的脑袋说：“我得告诉你，我总做噩梦——”

“以后有足够的时间可以告诉我！”祁好再次踮起脚，把余松坡的秘密堵了回去。

回忆起这一段，罗冬雨从一千三百万像素的手机视频里，清晰地看见祁好的脸上升起少女时代的红晕。图书馆门口长达十分钟的亲吻带来三个后果：

1. 两人没有经过实战训练的舌头都渗出了血；

2. 那只派克钢笔丢了；

3. 当天下午他们成了哥大的名人。

一是目击者甚众，现场围观的学生里三层外三层；

二是有好事者拍了照，洗出了照片还复印了很多份，贴到各处的海报栏里。接吻不稀奇，在图书馆门前接吻也不稀奇，在图书馆门前吻了十分钟也不稀奇，但一对中国留学生在图书馆门前接吻长达十分钟，相当稀奇。

两人恋情公开后，关心“秘密”的人是关心他们爱情的人的二十倍。朋友们见面就问祁好：“你们家夫子总做噩梦，你不怕？”

祁好开始还闪烁其词：“我们不住一起。”问多了，也懒得遮掩，“是他做，又不是我做。”

这话等于告诉人家：已经同居了，没那么可怕，我扛得住，你们可以省省了。说到这份儿上，朋友们也就不好再操心了。其实这会儿他们根本没搬到一块儿去，偶尔打游击做个爱，还没完整睡过一个通宵。祁好也就没经历过余松坡半夜上演的恐怖片。她没当回事。很快睡到一张床上，发现这事儿是被传闻闹大的。

余松坡的确隔三岔五会做次噩梦，也就乱动一阵子，火烧火燎地说几句梦话而已，翻个身也就没事了。那些过往的合租者，把噩梦炒得像夜半闹鬼，完全是因为哥大课业繁重，好容易将书本放下能睡三两个钟头，余松坡手捶一下床垫把他们弄醒了，他们衰弱的小神经受不了，就烦。烦也烦死了，你又不是我们家亲戚，都是花钱买个地方睡觉，我凭什么要遭你的罪？祁好不一样，这是她男朋友，若是不分手，一辈子都得耗在一块儿，抽冷子叫一声你都受不了，往后的日子还怎么过。当然，最重要的是她有爱，他们有爱，他们相互托付了下半身，同时也托付了上半身；他们相互托付了身体这个皮囊，也托付了远在异国的焦虑、辛劳、痛苦和对一个美好未来的期许。

他们同居后的第二个噩梦之夜，祁好醒来时，余松坡的梦境主体工程已经结束，正在扫尾，手脚偶尔神经质地抽搐，嘴唇无规则地扯动一两下，脑袋会左右摇晃，眼球在眼皮后间或一轮，一头一脸的汗。祁好支起身子，在窗外美国的月光底下看着余松坡，突然心疼得肠胃都跟着难受。得多大的刺激，才能让一个如此有力量的大男人心生恐惧，过一阵就被想象的世界追得四处逃亡？她一把抱起余松坡的脑袋，没来由地想：这是我的男人！她听见自己在心里念出了这六个字，声音大得都有点咬牙切齿了。余松坡醒了。

“我做噩梦了？”他问，“没吓着你吧？”

祁好抱着他，让他倚在自己怀里，像多年以后抱着儿子余果。“你知道我在想什么？”她摇晃着余松坡，摸着他的脸，“我在想：这是我的男人。”

这六字箴言此后成为余松坡屡试不爽的春药，他的身体会立刻做出反应。那骨肉纠缠一般的欲望。那个月圆之夜，他翻身把祁好完整覆盖到了身下。

“以后再发现我做噩梦，”他断断续续地说，“你把《二泉映月》打开，看管不管用。”

“好。”祁好也断断续续地回答，“好。好。好。好。”

他们的身体分开以后，风清月白。余松坡说，没有比《二泉映月》更好的镇静剂。高中毕业以后，每临大事，或者内心烦乱、焦虑和恐惧，他都会听一听《二泉映月》，它能让他迅速静下来。二胡声如不绝的流水，把焦躁和不安如数冲洗掉。这让祁好想到尿毒症患者的透析，全身的血液洗上一遍，安全了。

“为什么是二胡？为什么是《二泉映月》？”

“我爸会拉二胡，拉得最好的是《二泉映月》，闲下来每天都会来两遍。”余松坡说，“‘文革’时我爸是乡里文艺宣传队的首席乐手，走街串巷地拉二胡。‘文革’结束了，宣传队也散了，他回家拉，长年累月。这曲子我听到了骨头里。”

“成了药？”

“包治百病。”

结婚后他们回老家，祁好见到了拉得一手好二胡的公公，瘦小，单薄，苍老，衣服穿在身上有飘零之感。祁好暗暗地想，如果老爷子两眼也看不见，肯定活脱脱就是一个阿炳。那一次，公公应她的请求拉了一曲《二泉映月》。真是好，当他沉醉其中闭上了眼，她觉得阿炳分明就在他的身体里。那声音悲伤又笃定，听得她血液都停止了流动。而他揉弦揉得之深情和孤寂，仅旁观就让人肝肠寸断。的确是一剂良药。可惜当时她没有录下来。第二次见到，公公已经去世，他们回家奔丧，公公被装在一个小木匣子里，埋进了黄土。拉了一辈子的那把二胡也陪了葬。公公的遗言里，木来要把二胡留给余松坡。余松坡说，二胡声在骨头缝里响着呢，还是让父亲带上吧，在那边一个人，会寂寞。公公死于肺癌。

此后，随身听每天晚上都摆放在床头柜的抽屉里，拔掉耳机，调到外放状态，确保一打开，就能清晰地听到《二泉映月》。为了方便及时拉开抽屉，他们形成了跟很多夫妻完全相反的睡眠格局：余松坡睡在里面，靠墙；祁好睡外面。《二泉映月》果然有用。只要二胡声进入余松坡慌乱狂躁的耳朵，他很快就能平静下来，呼吸调匀，肌肉放松，胳膊是胳膊腿是腿。最重要的，音乐声驱散了他梦境里可怕的雾霾，太阳和月光重新降临。这从他的表情可以看出，五官和脸部线条柔和、放松，清醒地微笑时他有多帅，此刻就有多帅。

“别的音乐不行吗？”罗冬雨问。

“不行。”祁好说，“全试过。琵琶、笛子、洞箫、唢呐、双簧管、古琴、扬琴、小提琴、钢琴、吉他、贝斯、风笛，都不管用。谁的歌也不管用，帕瓦罗蒂、刘欢、《我的太阳》《洪湖水浪打浪》，都不好使。我也试过别的二胡曲子，《江河水》《良宵》《听松》《空山鸟语》《寒春风曲》《月夜》《流波曲》《病中吟》《三宝佛》《光明行》，也不成。有两支曲子有点效果，也不理想。我翻来覆去试了几十首，后来想，别折腾他了，拖出了毛病更麻烦，留心点，多准备几首《二泉映月》就是了。早先我对二胡一窍不通，因为花了不少心思琢磨，试来试去，差不多也成半个鉴赏专家了。”

“那个时候，余老师他——”罗冬雨停顿一下，还是继续问了，“不梦游吗？”

“几乎不。反正我没见过。半夜爬起来，暴走，搞破坏，自己伤害自己。”祁好把脸从镜头前别了过去，有三四秒钟，罗冬雨只能看见她稍显松弛的双下巴在屏幕上颤动，然后祁好的眼睛重新出现在视频里。

“要有什么不合适，我就不问了。抱歉祁姐。”

“没什么不合适。那是老余被误诊为肺癌以后的事。”

祁好又停下了，仿佛回忆起那段往事无比艰难。

余松坡大概就是心理学中说的那种焦虑型人格，只要不是正儿八经想笑，眉头基本上都拧在一起，睡觉的时候都是。祁好经常惭愧地想，其实她更喜欢余松坡噩梦之后的表情，经过一场想象中的身体和灵魂的恶战，他彻底放松了，舒展了，一张脸像熨斗熨过一样从容、妥帖。他们飞赴世界各地都带着《二泉映月》，噩梦时听了平复噩梦，清醒时也经常打开，去躁清火；如同佛教信众听梵音、基督徒听圣歌。神经是个微妙的东西，安抚多了它也驯顺，不会没事就找你麻烦。余松坡一度有大半年一次噩梦也没做过，祁好私下里见什么神都拜，感谢诸神恩德。不承想，一场肺癌的误诊不仅把噩梦唤醒了，还把梦游也招来了。当然这也可以理解，肺癌不是感冒发烧，命说没就没了，搁神仙身上他也焦虑。焦虑死亡。

某一天在医院，病友们死的死、出院的出院，三张病床就住余松坡一个人，祁好守夜。半夜她听到余松坡翻身，激烈地辗转反侧。她睁开眼，看见他一骨碌坐起来，没头没脑说了句“我这就去找他”，掀开被子就下床，直直往外走。她问他干什么，没反应；叫他停下，也不听。她追上去。他在走廊里旁若无人地往前冲，白天身体的衰弱之态一扫而空，完全换了个人。查夜的护士礼貌地问他需要什么帮助，他视而不见。祁好突然明白了，他还在梦里。她赶快返身回病房取 CD 播放器（随身听时代已经过去了），小跑追上去，打开《二泉映月》。余松坡在电梯口停下，绷紧的身体被音乐卸了力道，转身，跟随一路往后退的祁好回到病房，脱鞋，上床，躺下，拉上被子盖住自己，就像躺在床上从没起来过。跳过了一个梦，重新接续上睡眠。

他要去找一个人。

罗冬雨说："可余老师对死看得很淡啊。"

"不，他怕死。"祁好说，"因为怕死，他的焦虑变本加厉。"

"那余老师早期总做噩梦，是为什么？"

这是个问题。祁好看向窗外，大理早上的阳光正如"菩萨的笑"。总不能跟罗冬雨说，那时候也是因为焦虑死亡才做的噩梦。祁好打开窗户，草木和菜蔬凛冽的清香涌进来，十二月里的绿色铺排到尽头，是苍山和苍山头顶的雪。大美之境，她点上一根细长的"中南海"女士烟，说：

"老余小时候受了刺激。"

罗冬雨一只眼睛里一个问号。

"十四岁那年，他和几个小伙伴去野地里打猪草。两个小伙伴打起来，一个用镰刀砍断了另一个大腿上的动脉，那孩子的血流尽，死了。"

罗冬雨眼里的问号变成了两个巨大的圈。

其实余松坡不在现场，但那孩子的确是他的小伙伴，那天他们也的确一起去打的猪草。当年祁好问他噩梦里都有啥，余松坡回答她的也是这起凶杀："前进砍断了东方的大腿动脉。"前进是挥起镰刀的伙伴，东方是死掉的那个孩子。

"前进呢？"祁好又问。

"少年犯，被关进了劳教所。"

但这肯定不足以解释所有的噩梦。在很多梦里，他在逃亡、忏悔、辩解、嘘寒问暖。别抓我，不是我。对不起，是我害了你。他们把你打成了这样？你吃得饱吗？衣服够不够穿？在梦里他说了很多话。她把它们记下来，拿给他看。她想的是按图索骥，从根子上把病给治了。他不愿意看心理医生，咱们自己调节总可以吧？但他抓过那张纸，撕成碎片，扔进马桶后拉动了水箱。

"你要允许我心里有点秘密。"余松坡抓住祁好的手，"你只需要知道一点，我不会伤害任何人，更不会伤害你。能让我再听一遍《二泉映月》吗？"

"这两天家里还有啥事？"祁好对着镜头说。

罗冬雨在大脑里迅速过了一遍。"余老师上《京华晚报》的头版了。"她说，"我刚看到的照片，我弟弟带过来的。余老师和一个流浪汉在天桥上的合影，酷毙了。"

"在哪儿？"祁好突然有种很不好的预感，"拿来我看看！"

罗冬雨到客厅茶几上拿来报纸，把照片对准手机摄像头。余松坡的确很酷，但祁好的心思不在他身上。那个流浪汉她确信从未见过，但为什么觉得似曾相识呢？

“嗯，这照片不错。”祁好说，“老余还可以再帅点儿。”

10.

罗龙河找到一本书，像《圣经》一样厚

地铁乘客 地面上的事不要问我。地铁外的事也不要问我。我基本上就是个生活在地铁里的人，每天上下班加起来要在车上耗五个小时。如果上班时间有出门的业务，最多一天我在地铁里待了十一个小时。坐久了想吐，恶心。想把跟地铁有关的记忆都呕出来。每天和陌生人面对面挤在一起，工作两年我觉得我就把这辈子要看的脸全看完了。没错，两年之后还得继续看。那就提前为下辈子、下下辈子看吧。我的梦里经常穿过一列列地铁，尤其是二号线和十号线，这两条环线地铁喜欢周而复始地跑，总也停不下来。跑着跑着整趟车就剩下我一个人，司机没了，乘客也没了，地铁有了自己的意志和不竭的动力，它要在这座城市底下开到地老天荒。我梦见我

在地铁不停地奔跑中恐惧、叫喊、痛哭流涕，然后开始衰老。地铁跑一圈我的头发就白一把，皱纹就多几条，腰就弯一寸，无限地老下去，一直老到不能再老还得继续老，因为地铁不停下来。为了抵抗恐惧和打发时间，我就回忆我看过的脸，一张张地回忆，让它们通过想象依次回到车厢里，最后挤挤挨挨填满了整列地铁。我才知道我见过那么多人的脸。在梦里我不敢闭眼，闭了眼再睁开，那些脸就全没了，又剩下我孤零零一个人从头开始老起。您刚才不是说到命运吗？我曾想象过我会经历无数种生活，每一种都比现在更动人更美好，但事实是，我只有这一种生活。唯一的命运，就是在工作一天之后，在回家的地铁上，疲惫地抓着扶手，跟一个陌生人倾诉的这种命运。

——《城市启示录》

罗龙河找到一本书，像《圣经》一样厚。在满地的书籍和杂物中间很不起眼，黑不溜秋的硬封面。书打开着趴在地板上，书上压着一个玛雅人的面具。罗龙河先捡起面具，面具上雕刻的脸接近亚洲人，人头上有一堆动物，狮子、老虎、金钱豹、蛇、老鹰、蜥蜴。面具上还雕了一个库库尔坎金字塔。罗龙河由此判断，这个面具应该来自墨西哥的奇琴·伊察。罗龙河捡起书，还没来得及合上，书里掉出来一沓对折的纸，而那纸的颜色与书里纸页的颜色完全不同。那是一本陈旧的德文书，封面上的几个德语单词罗龙河不认识（他用手机拍下来，向外语系的同学请教，下午同学才回复他：生死书）。罗龙河托住《生死书》的硬封面打开，发现书的后半部是个洞，被刀子毛毛糙糙地挖空了。毫无疑问，那沓纸就是从书洞里掉出来的，大小也合适。他捡起那叠纸，打开，有十来页，写满了汉字。余松坡的笔迹，一打眼就知道。罗龙河甚至能把偶像的字模仿到八九不离十。第一面眉头上写着：

我的遗言

罗龙河警惕地向四周看看，除了整理好和尚待收拾的面具、人像、各种动物雕像和工艺品，没有第二双眼睛在这里。罗冬雨还在阳台和祁好视频，他不知道两个女人有什么私房话非得这样说。通往阳台的门窗关得死死的，很显然对他这个弟弟也不放心。刚刚他去客厅的饮水机里接水，罗冬雨以为他要靠近阳台，在双层玻璃后面对他又是摆手，又是做往里推挤的手势，还摇头挤眼。他撇撇嘴：稀罕，让我去还要看我心情呢。

事实当然并非如此，他对余家满怀好奇，他甚至希望能够成为余家的一个物件，比如沙发、椅子、楼梯的扶手或者墙上的某个面具，谁都不打扰。他就想安安静静、认认真真地看余松坡一天是如何开始，又是如何结束的。他觉得余松坡这样的人，穿着短裤、拖鞋和老头衫在家里走来走去，脑袋后头也会带着一个神仙才有的金光闪闪的大光相。遗憾的是，来余家的机会极少，来了也多是站在门外，把东西或口信交接完毕就走人；就算坐下来，凳子没焐热也得起身走了；留下来吃饭，那基本上是罗冬雨对他的最高礼遇了。这几天他忙着复习考研和准备搬家，但听说可以来余家，即使是干苦力，他也放下手头的事，屁颠屁颠地跑来了。

没人会发现，但遗言事关最高级别的个人隐私，罗龙河不敢轻举妄动。他把遗言放回书做的小棺材里，码到书桌上其他书旁边，等着姐姐按照先前的归类重新摆到书架上。但他心里痒得不行，弯两次腰就抬头看一眼

《生死书》，他太想知道余松坡遗了什么言。他的耳朵盯着阳台，慢慢就有了做贼的感觉，客厅里挂钟敲响一个半点他都心惊肉跳。

那就做回贼吧，要不接下来的活儿都干不好。他打开那本书，取出遗言，两只耳朵同时竖起来。

他像一个精神分裂者一样读完了遗言。罗冬雨还在阳台上与祁好视频。

您好，不知名的先生或女士：

难以相信我会给您写这封信。两周以来，我每天都在问自己：写还是不写？请理解一个中国人岩石般的沉默和谨慎。

感谢上午查房时主治大夫对我的坦诚。他拿起我正在读的一本思考生死的德文哲学书，对我说："余先生是通透达观的智者，所以不必遮遮掩掩。本人能力有限，头发掉了一把也没能想出良方，实在抱歉。如果您愿意回家保守治疗，尽享美好的天伦之乐，我以为未必不是上佳之选。"他跟我握手，"很希望以后能继续看您的戏。"

他在宣判我死刑。布莱克大夫高估我了，果真通透达观了，我还看什么《生死书》？但我突然就放松了，有结果了。五个月来，在生死线上走钢丝，两头音讯茫茫，人反倒被吊了起来，以为努力就真的有希望。现在好了，置之死地的生，我知道了自己的去向。我从床头阿瑟·米勒的戏剧集里，找到您刊登征求匿名临终遗言广告的那一页《纽约时报》，开始写这封信。

感谢先前的1号床病友，一个瑞典老先生，愿他在天之灵安息。两周前的下午，他递给我一张刚看完的《纽约时报》：瞅瞅，没准用得上。他指的是您登在报纸上的一个小广告：

> 征集匿名临终遗言：如果您在临终前仍有话不能说，请将您的秘密和心愿匿名托付于我，天路迢遥，上路尤需轻装。不要把它们带去天堂，它们属于这个尘世。我会善守它们，务请放心。来信请寄：灵魂保险箱收，纽约×××××××邮政信箱，邮编×××××。

瑞典老爷子一向幽默，他是真正通透达观之人，没事就跟我们开生死攸关的玩笑。他七十八岁，五十二岁那年横穿马路被摩托车撞了，差点没活过来；康复后，觉得每过一天都是赚的，生意不做了，老板不当了，迷上了哈雷摩托，每年都要约上哈雷车友横贯两次美国。他经常跟我秀车队的照片：一群想明白了的贪玩的老头老太太，武装到牙齿，浩浩荡荡地在高速上穿行。他是车队的头儿，摩托车后座上除了简易的行李，还插了一面旗子，上面写着：指哪打哪。七十七岁这一年，骑到内布拉斯加州奥玛哈市，停下来咳了血。他坚持回纽约才进医院。

我们在病房里给他过了七十八岁生日，离开病房时，他已经停止了呼吸。老爷子给我报纸看时，说，你是文化人，有话可以写出来。我问他，您有瞒报的军情吗？他说，嗨，我那点黄历，说出来你们牙酸。昨夜倒是做了个好梦，我第一个女朋友变漂亮了，那真是美如天仙，不骗你们。她招手让我再去找她。

她在哪儿呢？

五年前死了。

病房陡然安静下来。后半夜，我们都在睡觉，老爷子悄没声息地去找她了。死的时候脸上带着笑，应该是找到了。我把那张《纽约时报》折好，夹进了书里。

这封信应该端庄地坐在书桌前写，用英语。但没办法，我太太不同意我出院。她相信科学既然创造了一个又一个奇迹，也就有可能在我身上也显一回灵。她不听任何绝望的话，也不做任何绝望的事。我只能待在医院，见缝插针地写。太太在身边肯定不能写；太太不在，医生和护士更不允许我劳累，书看得久一点，他们也会说，不要命啦？我该回他们，想要要得了吗？刚开始住院，我还准备写本专业上的书，有空就往卫生间跑，坐在马桶上列提纲、做札记，慢慢也被迫放下了。我知道他们为我好，这段时间我的确很容易疲劳，睡个觉有时候都觉得累。我还是想写。那好，我就把书挖个洞，装作看书划重点写眉批，他们一出现，我就把信纸塞进洞里。

对一份遗言来说，没什么比坟墓与它更般配，这个洞就是它的坟墓。

我先用母语写，以便把事情说得更清楚。如果剩下的生命不足以让我把它译成英文，那只能麻烦您请人翻译了。当然,您也可以当成天书来看,理解与否都不重要。这世上不缺一份遗言，也不缺一个故事。它只对我有意义；或者说，仅仅是把它写出来这个仪式，对我有意义。对一个尚且苟活的人有意义。死亡是空白和消灭。

所以，这个故事从哪里讲起，并不重要。我是一个剧作家和导演。我编排过很多实验戏剧，但我从来不敢做一个实验把自己编进戏里，更不会上台表演，戴面具也不行。我喜欢躲在后面，让他们替我说话。不是羞怯，而是恐惧，被当众揭掉面具、戳穿真实身份的恐惧。心理学认为，逃亡的人通常如此。心理学说对了。我从中国逃到了美国。

一九九四年，我本科毕业保送研究生。但在读研的第一年，我还是偷偷地考过托福，申请上了哥伦比亚大学戏剧学专业的硕士学位。导师对我很好，视若己出，但我不得不离开。导师问为什么，我说我心神不宁。导师是位老先生，纯正的读书人，以为我功名心重，非喝洋墨水镀洋金不能平息我在这个世界向上攀爬的欲望，就放手让我来了美国。他老人家哪里知道，我待在国内，对历史和现实了解越多，就越发不安，待下去只会积惧成疾，不可收拾。离开那个语境，若蒙上天垂爱，也许可以让我稍能有所忘记。

这个人叫余佳山，我堂哥。除了生养我们的偏远的余家庄和余家庄所属的兰水乡，没有人知道余佳山是谁。余家庄和兰水乡太小了，比例尺稍微大一点的市级地图上，它们都没资格占据一个黑点的位置。但那几年，我们兰水乡所属的海陵县，但凡没有堵上耳朵过日子的人都听说过，兰水乡的余家庄抓到了一个“反革命暴乱分子”。

此人不仅在北京参加非法集会，混在一群首都的大学生里，冲在第一线。他从善良的首都市民手中骗吃骗喝，肚子盛不下放兜里揣着，住宾馆就说一句“我是北大的”,免费。被戳穿后,他狼狈逃窜回乡,即便穷途末路,还不忘夹带反动传单。我公安机关正是在他床铺的席子底下搜到的传单，多达二十份。铁证如山。判处有期徒刑十五年。

那一年，这样一些坚硬的字句一直出现在余家庄沿街的墙上，偶尔会被写上白布挂上树梢，随风飘荡。那一年我穿过村庄都是低头疾走，不王顾左右，不抬头看天，我怕树梢上摆动的字条会突然变成招魂幡。那一年，在和堂兄余佳山的入伍竞争中我赢了，但我最终放弃了这个机会，重新回到学校，复读一年高三后考大上了大学。

八十年代的中国大学生堪称万里挑一，独木桥站不住几个人，大部分人掉到了桥底下。我是其中之一。照说我成绩不错，考上个二三流大学问题不大，但就是一失足掉了下去。初三毕业时，乡村出身的好学生流行念中等专科学校，念了中专就等于拿到了铁饭碗，熬上三年国家包分配，给你安排工作，成了洗干净泥腿子的城里人。家人都希望我念中专，保险。中考成绩足够我选最好的中专学校，我不干，想上高中考大学。父亲说，念过高中考不上大学怎么办？我说，那就当兵，或者做卡车司机。

那时候余佳山的姑父在开长途货车，解放牌，一年跑七八次新疆。余佳山经常跟着他姑父出差跑长途，回来就跟我们显摆我们看不见的美丽新世界。我很羡慕。旷野无人，开着“哐啷哐啷”的卡车大声歌唱，一个新鲜辽阔的大地从你车轮下展开，恍如创世纪。你可以赤膊上阵，也可以把衣服扒光了开，你还可以蹦蹦跳跳地开。我喜欢那股淋漓尽致地不要脸的劲儿。但是必须承认，那时候一个农家子弟想出人头地，过上好日子，只有两条路：考学和当兵。

考学不必说。当兵可以吃军粮，拿军饷，可以提干上军校，再不济转业回老家，国家给你安排工作，也是端上了铁饭碗的人。殊途同归。

我第一年考砸了，距填报的最后一所大学也差了两分。父亲问，怎么办？我说，当兵。其实父亲想说的是：要不要复读一年，明年接着考。我摇摇头，丢不起那个人。当年许了诺，考不上大学就当兵，当不了兵就拜个师，跟别人开卡车跑长途。父亲又问，想好了？我说想好了。那就张罗当兵的事。

那年夏天奇热。知了正叫着从树上掉下来，热死了；公鸡正打鸣，头一歪声音没了，断气了；鱼也大片大片地死，一群群游到水面上只想吐个泡泡，尾巴甩不动了，肚皮一翻漂在了水面上。有史以来我遇到的最诡异的夏天，坐在树荫下发呆，我都觉得有两只手把我的身体当毛巾拧，不仅拧出了水，还挤出了油。我在那个夏天瘦得皮包骨头，眼巴巴地等着征兵的消息。父亲和我一样，被拧干了水分和油，每天晚上穿得整整齐齐到村长家和他聊天，希望能提前打探点消息。父亲拎着二胡，上衣口袋里装着新买的“大前门”。烟是给村长抽的，二胡拉给村长老婆听，天热成那样她还要吊嗓子。年轻时她也是文艺宣传队的，唱《孟丽君》《小姑贤》《小辞店》。她当候补，经常全公社各村都演了一遍她还插不上嘴。那些年把她憋坏了。现在我父亲每晚单给她一人伴奏，场场她都是主角。

消息来了。村长披着褂子到我家，往饭桌前一坐，上酒上菜。这是那个夏天很多次饭局中的一个，这一次村长带来了确切消息：刚到乡里开过会，启动了，咱余家庄只有一个名额。怎么办?

父亲问，怎么办?

我也问，怎么办?

我们同时想到了余佳山，我的没出五服的堂哥。他也高中毕业，他也志在必得。在余家庄，学历最高的就我们俩。学历肯定是同等条件下最大的优势。他大我两岁，早我一年高中毕业，也被挤到了独木桥下。他对落榜没任何感觉，他就从没认为自己是念大学的料。以现在我在病床上的眼光看，佳山哥是那时难得的有游戏精神的现代人。善于自嘲，喜欢开玩笑，愿意“脱掉衣服拥抱一切新事物”。他小学时就会做生意，用不着的铅笔橡皮、直尺都卖掉；天热了每天背个塞满棉衣的保温箱，向同学兜售冰棍儿。假期里带着我们一帮小屁孩摘黄花卖给医院。据说那种生长在乌龙河边的指甲大小的黄花降火消炎，是一味不错的中药。割下柳条剥掉皮晒干，卖给编织厂编织各种花篮；撸洋槐树叶卖给下乡游走的二道贩子，听说洋槐树叶粉碎后适合做蚊香。最抢眼的应该是他灵活的脑袋瓜，说小聪明也罢，大聪明也罢，除了念书，他的确就是能把各种技能以异乎寻常的速度学到手。跟电工在村庄里转一圈，回来换个灯泡、保险丝，接个电线，修个电扇、收音机都不在话下；堂哥结婚，他在灶台前帮厨，一天下来学会了炒一手好菜，做的红烧肉厨师尝了都叫好;修自行车、三轮车、拖拉机，你只要让他在修理铺蹲上半天，出厂的时候什么样他就给你弄出来什么样。

他是我们同龄人中最早穿牛仔裤的，最早戴电子表的，最早拎着录音机到村庄中心路上跳霹雳舞给别人看的，最早在五年级就开始给女孩子写情书的。据他说，十二岁他就亲过隔壁村上一个小姑娘的嘴；我们问他什么味儿，他说那小姑娘的舌头是凉的。我知道男人的生殖器不仅能排出尿，还能射出精液，就是他告诉我的。我念初二时，他念初三，有一天他大大咧咧地跟我说，男女之间的那点破事真他娘好啊，啧啧，那一股烂虾子味儿。这是我接受的最早的性启蒙。他闭着眼仰起脸，无比陶醉地摇摇头。

除了念书，他在村庄里的口碑，他和街坊邻居的关系，甚至他的身体素质，都比我有更大的胜算。

父亲问，怎么办？

我也问，怎么办？

怎么办呢？村长重复了一遍。他喝了我们家的酒，吃了我们家的肉，抽着我们家的烟。再想想，他说，这狗日的余佳山，他还是咱庄上第一个去北京的人呢！你们爷儿俩也动动猪脑壳，别老追着我问怎么办怎么办，又不是我他娘的要当兵。听说狗日的从首都带了点啥回来，有这事没有？

我和父亲立马明白了。传单。

那个时候我们在余家庄，尚不知那年春夏之交的事，更不会明白此后的东欧剧变和苏联解体，如何改变了我们看不见的那个遥远的大世界。我们是一帮靠天吃饭、盯着饭碗过日子的农民。余家庄生活在这个世界之外。我们对世界的所有宏大判断，都来自广播、电视和绑在电线杆和老槐树上的村支部的大喇叭。广播和电视用字正腔圆的普通话说：我们正在经历一场前所未有的巨大变革，这是一个磅礴浩瀚的大时代，我们要保证改革顺利进行，让老百姓过上好日子！余家庄的大喇叭里，支书或者村长，或者广播员余波，一个在干农活儿时总爱播放《红太阳》系列歌曲的小伙子，就用余家庄的方言把这段话翻译一遍：社员们，农户们，余家庄大队部开始广播啦！上级说，咱们余家庄和全国人民一样，好事一桩连着一桩，一件接着一件，就像毛主席的诗词里写的，四海翻腾云水怒，五洲震荡风雷激”，咱们余家庄的日子会越来越好！

然后，突然有一天，广播和电视里开始说：要严厉打击妄图颠覆社会主义大厦的反革命暴乱分子，他们是人民的敌人！余家庄的大喇叭在中午时分也打开了：咳，咳，社员们，农户们，播送重要通知。上级说，我们的内部出现了阶级敌人。不是我们余家庄内部，是我们人民内部，这些坏人打算拆掉咱们社会主义的高楼，谁逮到了都要狠狠打击，让他爬不起来！

我们都听到了，可我们热得提不起精神。除了经历过“文革”的老人，大家连反革命分子长啥样都不知道。太远了，像另一个星球上的事。余家庄现在热得像一口正在发酵的死水塘。

但偏偏余佳山就在首都和余家庄之间连上了一条线。村长“嗞”一声干掉一杯粮食酒，说，世间万物都是有联系的嘛。我看见父亲暗暗地拍了一下大腿。

事情已经非常明白了。我们举报余佳山，相当于一票否决。

然后没人再提入伍的事，只有一片欢愉的吃饭声。

落榜以后，我们余家头一回吃上一顿痛快饭，那叫一个香，好像坐在别人家的饭桌上。我父亲一个劲儿地给村长敬酒，把我和我哥也拉上，“要像个爷们儿那样喝酒”。村长走的时候，父亲趴在饭桌上睡着了。我也喝多了，十八年没喝过酒，每一口下去都像有人用刀划开我的喉咙。

半夜嗓子着了火，我起来找水喝，走到院子里，看见父亲坐在压水井前抽烟。他看都没看我就舀了一瓢井水递给我。我“咕咚咕咚”一口气喝下，喉咙眼里的火才灭掉。我跟父亲说，这么干妥吗？

父亲把烟头扔地上踩灭，脚边已经好几个了。我也在想这事，父亲说，又点了一根，等于把佳山给坑了。

广播里说的到底是咋回事？我问父亲。我在县城念高中，看不到电视，而且我们海陵县跟余家庄和兰水乡一样偏远，县城里的人连自己的事情都管不过来。听说只有县长县委书记去过首都，到北京的路费太贵，火车都要跑一天一夜。

父亲也没弄明白。但他说，没吃过猪肉总见过猪跑。

取消他入伍资格不就是了嘛。

你把事情想简单了，真报上去，怎么处理怕是咱们说了都不算。父亲说，饭桌上光顾兴奋了，酒一醒才发觉不对，这不就是“告密”嘛。三皇五帝至今，被告的人没好果子吃，告密的人也没几个有好下场。

只说他带回了传单。我说。佳山哥的确带回了传单，我看过，他向我们逐张介绍那些传单的来历，哪个学校的大学生发的，他在哪儿捡的。他对传单上的内容并无解释，也解释不了，他只是得意于他去了首都，还赶上了，“那乌泱乌泱的，像咱们兰水乡的四月八庙会”。北京的街道真他妈宽啊。首都的广场真大啊。真的，一个广场不比余家庄小。

早知道大学生可以那么风光，我他娘的就好好念书了。佳山哥把传单归拢起来，随手塞到席子底下，继续说，松坡，哥没那命了，当大学生的事就拜托你了。

父亲对我的提议有所心动。他知道，必须有所行动，既然村长已经如此公开地暗示。他肯定不希望佳山哥入伍，两家结过梁子。如果暗示过，我们依然无动于衷，等于把他也得罪了，最可能的结果是，我和佳山哥都当不成兵。村长有几千种方法可以让一个名额名正言顺地流失掉。

十二岁那年，我和佳山哥、村长的外甥前进、和我同岁的佳山表弟东方，还有其他几个伙伴去八条路打猪草。八条路是片大野地，有土丘、沟渠和芦苇荡，每个人挎着篮子去找草，很快就走散了。打草成了借口，捞鱼的捞鱼，摸虾的摸虾，掏鸟的掏鸟，采菱角的采菱角。

两个认真割草的，却因一丛嫩草打起来。先是口角，嘴上都不干净，争论和辱骂全不解气，两人挥起了镰刀。我听见喊叫声赶到，已经聚了一堆人。那时候东方的脸色正由一张黄纸向白纸转变，他躺在草地上，身下的草叶上闪着血的光芒，即使在旷野里大风吹过，我也能闻到浓烈的血腥味。东方的手已经没力气抬起来了，耷在左腿边上。我只看到他左腿的裤子上有道齐崭崭的口子，不知道他的腿上还有一条更深的伤口，来自另一个人的镰刀砍断了他的动脉。我们都缺乏救助的经验，不知道在东方的大腿根上勒一道，止住流血，就可能挽回他的一条命。

其实那时候撕一根布条截住血管也已经晚了，据说动脉血管破裂，血会像放焰火一样喷射出来。一个十二岁少年的小身板经不起放几回焰火。有人已经跑回村庄里向大人报信。我们七手八脚把他往回抬，血滴滴拉拉一路，东方的脸和白纸一样白，身体变得越来越轻。我们以为东方不会有事，因为大人们在讲故事时总是说，人死了会更重。

大人们在半路上迎到我们，东方的父母大放悲声，我们才知道现在抬的已经是个死人了。

东方的小尸体放在他家堂屋中央的草席上，头冲着门，以便灵魂顺利地离开家门，到他想去的地方。我们被村长和民兵排长集中到大队部的会议室里，背靠背坐成两排，每人面对一张白纸，闭上眼回忆：你发现东方受伤时身边已经围了几个人？分别是谁？然后睁开眼写出他们的名字。绝大多数人都犹疑地在纸上写出了东方之外的所有人的名字。没有谁能确凿地指认缺了哪一个。当时的场面，我们自己两腿上的哆嗦都止不住，哪有心思和精力去关注别人。反正我是没法确定现场缺了谁。余佳山写了两份名单，一是围观现场的人名，一个是半路上的人名。前一份名单不见的前进，出现在了后一份里。

村长和民兵排长一再让他确认，余佳山每次都点头，确认。打算把东方往回抬时，他想找一个力气大的抱住东方的脑袋，前进最合适，个儿高，但他找了好几圈都没找到，他只好自己抱住了东方的头。而在半路上，他觉得有必要停下来调整一个姿势时，前进出现了，前进接替了他的位置。

村长说，再好好想想，问你最后一遍，你确定刚开始前进不在？

余佳山说，我确定。

然后公安人员来了。同一个程序又来了一遍。

你确定开始前进不在？

余佳山说，我确定。

他们把前进带进一个小房间问讯，十分钟不到，牙齿乌黑的老公安开门出来抽烟。我们听见了门缝里传出前进扁扁的哭声。

怎么样？

老公安说，招了。

他们离开余家庄时，警车带走了前进。当时前进不足十六岁，被送进了劳教所，成了我们余家庄，也是我们兰水乡第一个少年犯。

前进是村长的亲外甥，他叫他二舅。

父亲说，狗日的在给外甥报一箭之仇呢。

我们给村长当枪使了。

但我们的箭也已经在弦上，不得不发。没张罗这个事之前，我入伍还有一半希望，如果只招一人，很可能就是我，村长会想办法把余佳山弄下来；张罗了这事之后，必须继续张罗下去，否则铁定没戏。父亲操起二胡，开拉之前长叹一声，一辈子没害过人，入土半截，赶上了。

说实话，我没想到后果如此严重。我已经无限地往小里写，往轻里写，我说余佳山只是到处漫游，碰巧来到北京，相当于一个赶大集的人，顺手接过了别人递过来的广告。他不懂政治，也缺少必要的家国情怀，他只是个粗心的看热闹的人，把传单顺手塞包里带回余家庄显摆。我想他就是个路人甲，顶多批评警示再教育一下，错过了验兵期即可，既完成了村长的暗示，也成全了我。

村长开始肯定也没想到后来的结果。父亲把举报信交给他，他觉得写得过于简单，过家家玩呢你们？把他写成个走大路的，你们要负责任的。签名呢？匿名举报？要光明正大嘛！举报本身就是立功的大好机会，对入伍是加分的。我和父亲与他交涉的结果是，顶多具名，内容就这些。我和父亲相互宽慰，虽然白纸黑字，但绝非无中生有，更无恶意构陷。也算不安处求了点小心安。

结果也让我们瞠目结舌，搜出证据之后，审讯过程短得只够打两个喷嚏，佳山哥就宣判了，十五年。多年后，我咨询过一个山西的法律界朋友，他说，嗨，特殊时期嘛。

消息传到余家庄，父亲正在井台边洗菜，一屁股坐到水盆里，眼泪“哗”地就下来了。他说，我害了佳山侄儿。我们早该有预感的。起初村长一直对举报信中所列余佳山的罪名不满，见面就暗示我添点，有天下午他从县里回来，突然笑眯眯地说，就那样吧，够了。

尽管是实名举报，照当初与村长的约法三章，他之外，余家庄没人知道是我干的。我第一次从复读班回家，第一次放寒假从大学里回家，第一次从美国回家，父亲都这么说，走路别往身后看，没人知道。父亲在掩耳盗铃。多少年来我也试图掩耳盗铃，但其实我们都清楚，余佳山是明白的，余家庄很多人都明白。虽然我最终没去验兵，没有在结果上抢占余佳山的那个名额。

前期的政审等手续全部走完，体检那一天我逃了。我觉得那个兵我无论如何当不了。

后来，我开始做噩梦。总是梦见他鼻青眼肿，耳歪嘴斜，耳朵眼里都往外流血，一条腿折了。然后听到他说：我知道谁告的密！就大汗淋漓地从梦中醒来。

有时候，在梦里他对我说的是：我知道是你告的密！梦里的余佳山披头散发、鲜血淋漓，衣服被撕成了一条条一绺绺，看上去还没有他的肋巴骨数量多。他在我梦里瘦得不成样子，只有两道目光和质问的声音是坚硬的。

父亲对我逃掉体检似乎并不意外。那天早上我背着干粮，推着永久牌自行车出门，父亲在门口叫住我，能检啥样就检啥样。口气很勉强。正常点的说法应该是：别紧张，体检一定会顺利通过。或者：一定要检好。我正琢磨这句话的意思，父亲已经进了屋。出巷口时，听见父亲又拉起了二胡，瞎子阿炳的《二泉映月》。拉上了就没停下来。此后但凡余家庄有一点余佳山的谈资，但凡我们大眼瞪小眼心照不宣时，父亲就开始拉《二泉映月》。在《二泉映月》的乐声里，不知道父亲是否感受与我相同，我们的身心沉下来，宽广，开阔，如同烈风吹过大地，如同大水漫过河床。我们被清洗了一遍，还可以重新做回一个心无挂碍的善良人。

那天上午我骑车到了县医院，入伍体检的年轻人排到了医院大门外。我突然觉得这不是我该来的地方，我没有勇气接着队伍站过去。就那么简单。就像当时我决定念高中不上中专那么简单。一个电光石火般的念头。但我得把这一天耗到天黑才能回家。我骑了四五十里路到了这里。我得找点事干，就去了县里的中学，几个月前我刚从那里毕业，毕业然后落榜。在学校门口遇到一个同样落榜的同学，他说班主任胡老师正找我，打了几次电话到余家庄。这会儿去他办公室，没准儿还在。

感谢那位后来考上南京大学的同学，我去了胡老师办公室。他正锁门要回家。鉴于今年落榜的好学生比较多，学校经研究，决定增设两个复读班，一文一理，把有希望的学生招回来，头悬梁锥刺骨再来一次。胡老师给余家庄的大队部打了三次电话：一次没人接；一次是某人答应帮忙去找我，再没音信；一次接电话的人说，余松坡不去了，他要当兵啦。当时我最想干的一件事，是抱着胡老师大哭一场。胡老师说，回去收拾好被褥来吧，先把落下的功课补上。

晚上回到家，父亲背着手站在井台旁。母亲问我，检得都好？我说，明天我去复读。父亲没吭声，转身去了堂屋。

抱歉，我说得太多了，但到了这里还没有结束。

余家庄因为我放弃入伍名额，也开始怀疑自己的确错怪了我们家，言语之间逐渐消除了芥蒂。在中国农村，你光明正大干坏事，可能会被尊为英雄，但你背地里捅刀子，肯定落不到好。而其后很长一段时间，余家庄人养成了认真听时事广播的习惯。

我父亲的这一习惯更隐秘，他和我母亲分床睡，半夜三更一个人在被窝里打开收音机，只要听到一点儿相关的消息，第二天肯定会拿出二胡，涂上松香拉两段。拉完了，继续在收音机里找。像大烟鬼吸鸦片，明知那玩意儿有害，得赶紧戒，还巴巴地抢过来抽。烟鬼们不少得了肺癌，我父亲也死于肺癌。

从复读班回到余家庄，是个提醒；回到家父子二人对坐，也是提醒。我回家次数越来越少，我们的话也越来越少。我终于因此学会了自立，我自己决定我生活中的一切事情。高考填报志愿，选大学、城市和专业，以及保研后突然决定出国，我只负责把结果告诉家人。父亲总是点点头，有时候会说声好。他知道我得一个人忍受。如您所知，发生过的事，不会因为光阴流转而稍有淡漠，相反，于我越发清晰、深入。我已不再是一个只会简单地判断善恶的乡村青年，我成了一个大学生。我的大学在北京，我感兴趣的专业是戏剧。

简直是一个典型的心理学案例。我为什么要到这个城市来？我想看清这个城市的什么？我为何钟情这种舞台表演艺术？而我却从未登台。我对所有像样的面具都有浓厚的兴趣。

没错，我想躲起来，我又忍不住去探寻。我和那些瘾君子一样，我和父亲也一样。父亲死于肺癌。前几天，医生告诉我，作为一个肺癌患者，我的情况相当不乐观了。他的言下之意是，没几天活头了。据有关医学理论，癌症的遗传好像比性格的遗传还要强大。我相信。父亲死于肺癌，我哥也死于肺癌，一发现就是晚期。现在轮到我了。绝望中唯一让我笃定是，我从开始就知道，我跑不掉。

感谢您，不知名的灵魂保险箱先生或女士，感谢您给我这个清空自己的机会。这些事我从没告诉过任何人，我太太都不知道。但我不能带着一个巨大的秘密离开，太重，我飞不起来。要想能稍清白一点走，这大概是唯一的机会。我跟它耗了大半辈子,再不说,就真来不及了。

一想到我曾在浩大的历史中对一个人伸出卑劣的告密之手，我就惶惶不可终日。很多个噩梦里，我都试图砍掉这只正在书写遗言的右手，它曾工整地写出一封举报信。

我经常梦到余佳山。他从余家庄到了我梦里。十九岁之后，我再没见过他，但他在我梦里一抬头，我就能认出来。我按年月给他添上皱纹、白发、愁苦和冤屈，给他添上伤残的右腿和佝偻的驼背，给他添上干燥的皮肤和浑浊的眼神，给他添上我们都永远摆脱不掉的兰水乡余家庄的口音。

他的一个声音过来，一个影子过来，一个眼神过来，我就知道，是佳山哥来了。他对我笑笑说，咱哥俩打一架吧，谁赢谁输，十五年全都一笔勾销，一辈子全都一笔勾销。然后他突然变回二十岁时年轻强壮的身材，追得我一路狂奔。从逃亡之路中摆脱出来，唯一的办法就是听到《二泉映月》。我太太尽管对此一无所知，但她深解一首二胡曲子于我的重要；噩梦来临，她会及时打开《二泉映月》。这是我从父亲那里继承下来的隐秘的良药。他拉它来自我疗救，我听它来救助自己。那些我们父子对坐，却有第三个人的幽灵穿梭徘徊的时候，父亲就会从山墙上取下二胡，他拉，我听，送幽灵远行。

也许还有另一条救赎之路，是我这几天在梦中想到的。这几次噩梦里，佳山哥没能如愿重返二十岁的自己，他无论如何拍手跺脚抖擞身体，看上去依然比我苍老，一个衰朽的中年老人。他为自己的衰老羞愧，转身就走，我追上去想拉住他。我们撕扯不休，他硬是不回身。而在梦里，我无比清晰地意识到，我多么需要他转过脸再看看我。好像他回一回头，十五年就能一笔勾销，一辈子也会一笔勾销。我不知道，这是否意味着一个前所未有的神启：我须把那失散的兄弟找到？

但这只能是个梦想了。他远在中国，而我时日无多。

对不起，稍等一下。我听见走廊里我太太的声音。她说有位重要的客人要来看我，他是全美最好的大夫之一

遗言到此结束。余松坡都没来得及写上最后一个标点符号。可以设想，余松坡匆忙之间收起遗言，塞进德语砌成的墓穴里，再也没有打开；或者打开过，多次打开过,但再没有续写下去。他活了下来,他把它保存至今。是忘了销毁，还是就打算立此存照，留下历史的见证？

罗冬雨打开阳台通往客厅的推拉门，脚步声往书房逼近。罗龙河赶紧整理好遗言的纸页，放进《生死书》里合上。他把书放到桌上，弯腰捡起玛雅人的面具。

11.

大风已到张家口，这一回千真万确

文艺青年　您问我为什么来北京，教授？我只说一句话，美国作家多斯·帕索斯在小说《曼哈顿中转站》里写的："别忘了，如果一个人在纽约成功，那么他就是真的成功了！"

——《城市启示录》

大风已到张家口，这一回千真万确。气象台报了，体育频道、交通频道、音乐频道都报了。余松坡把车里收音机的旋钮从头到尾拧了一遍，罗龙河数了一下，一共八个台播送了这条好消息，约好似的。

看来今天有望过一个能看见星星的平安夜了。

罗龙河坐在余松坡的副驾座上，跟过去相比，放松了不少。他偶尔用眼角余光瞟一眼余松坡，余老师脑袋后面那个观世音菩萨走哪带哪的金灿灿的大光相不见了。他甚至敢往后视镜里看，与余老师的目光相撞，盯着他达两秒钟之久。总之，事情正在变化。跟他偷看了余松坡多年前写的遗书没关系，那只让他更加肃然起敬。正经事的好赖他还是分得清的。当然，不正经事的好赖他同样能分得清楚。韩山告诉他的那点事就太不正经了。

“你是我弟弟，原本不该跟你讲。”昨天晚上，韩山在电话里先确认他身边没人才说的。罗龙河做考研英语模拟题，阅读理解看得他昏昏欲睡，眼皮有两吨重。“但就因为你是我弟弟，才不得不跟你说清楚。你心里有数就行，切勿声张，尤其不能让你姐知道，千万千万。我看见余松坡和鹿茜抱在一起。就十二月的气温来说，她穿得可不是很多。”挂了电话，韩山觉得自己太邪恶了，又打了一个电话往干净里找补，同时做了一点自我批评。“老弟你别往心里去，原因咱们都没弄清楚，没准儿人家就事出有因，清清白白，是我们想多了。也是当哥的不厚道,撞上了就偷偷地看了。你得跟哥保证,要沉住气，咱是个爷们儿。”

罗龙河风轻云淡地说，那当然，必须的。但他分明感觉有人对他拦腰来了一棍，差点瘫在试卷上。眼皮也“唰”地减了负，瞬间神清气爽，就是胃里的反应怪异，好像晚饭吃的辣子鸡突然活了，又抓又挠地扑腾。

挂了电话他半天才回过神来。针尖对上了麦芒，最危险的事出现了。可是这他妈的哪儿跟哪儿啊！他们只见了一次面，饭桌上两人说的话加起来不足十句，就抱上了？罗龙河洗了把脸，重新坐到书桌前，觉得这事哪个地方有点不对。哪里不对他又问不出口。鹿茜是湖北人，那彪悍的性格，弄错了肯定没好果子吃。余松坡那里更不能瞎问，就算真出了状况，他都难以想象自己如何接受偶像坍塌的残酷现实。他从抽屉里摸出一盒过期的“白沙”烟，火烧火燎地点上一根。先让我他—妈—的纠结一会儿，人一辈子遇不到几件毁三观的事。

那根火辣的白沙没抽完，余松坡的电话到了。罗龙河觉得这个夜晚太诡异了，既荒唐又神奇。

“龙河，我是余松坡，明天有空吗？找你有点事。”

“余老师，有，我有空。”明天他约了考友一起去听考研政治讲座的。

"好，那我明天开车去接你，京西大学门口？"

"没问题，就校门口。"

"八点半还是九点合适？"

"都行。"

"好，那就八点半，谢谢。"

"没问题，八点半，余老师。"

一夜没睡好，睡着的那有限一会儿还做了几个怪梦。潜意识深不可测，他竟然梦见鹿茜生了一对双胞胎，一个像他，一个像余松坡，俩孩子管罗冬雨叫妈，见了他们都喊叔叔。有点乱。这一夜把他累的，手机闹钟七点把他吵醒，站在公共卫生间布满裂纹的镜子前，他看见对面站着无数个头发凌乱、眼睛通红、眼泡浮肿的罗龙河。

远光灯穿过雾霾照见了罗龙河，他正站在校门前吃汉堡喝咖啡。余松坡把车停到他身边，打开副驾座旁边的车门。

"抱歉，害你起了个大早。"余松坡说，"想请你带我看一看几个城中村。"

罗龙河颇感失望，又有躲过一劫的侥幸。原来不是跟他谈鹿茜。那么，是好事呢还是坏事？鹿茜。鹿茜。他在心里念叨女朋友的名字，突然恶毒地想，不管缘何抱在一起，他余松坡也不过如此，随即挺直了腰杆。

收音机里还在说雾霾，提供了一大串雾霾时代的大数据：2012 年，全球约 700 万人死于空气污染的相关疾病，西太平洋地区最为严重；1955 年 9 月，美国洛杉矶光化学烟雾污染事件，仅两天，65 岁以上的老人就死亡了 400 多；1952 年 12 月，英国有 1200 万人死于毒雾，更多人患上了支气管炎、冠心病、肺结核或癌症；1930 年 12 月，比利时马斯河谷地区，63 万人死于毒雾，是同期死亡人数的 10.5 倍，数千居民患上呼吸道疾病……主持人的口气完全是用历史缅怀历史。就因为风刮到了张家口，眼前遮天蔽日的帐幔仿佛已然烟消云散。马路上也开始活泛了，人流量比前两天显著增大，为了庆祝即将到来的蓝天白云的生活，对自己的肺功能无比自信的年轻人已经摘下了口罩。他们要见证口外吹来的第一阵风。店铺门口左右摆着两棵圣诞树，开门早的，圣诞老人已经穿上红袍戴上红帽托着一大堆白胡子，在玻璃门前对雾霾和过往行人车辆打招呼了；开门晚的，被雇来扮演圣诞老人的小伙子正摘掉口罩热身，当了圣诞老人以后是不许戴口罩的。

看不出余松坡有什么不正常，跟过去一样体面、温文尔雅，说话时面带微笑，差不多都要慈祥了。难道有好几个余松坡同时存在？开车时与自己交流戏剧的余松坡，在遗书里罪孽深重的余松坡，和鹿茜抱在一起的余松坡，还有那发起火来把书房砸得一塌糊涂的余松坡。姐姐就是这么跟他说的，余老师因为什么事不高兴了，烦，也许是《城市启示录》？反正有火点着了他身体里的炸药包，余老师就爆发了。罗龙河不能理解，哪个读书人爆发了会对自己的书房下如此狠手？他能收藏那么多书和面具，基本可以证明这些东西起码是他的半条命，这么砸法，不过了吗？罗冬雨说，那谁知道，就是动手了。

罗龙河总觉得姐姐话里藏了一大半。昨天收拾完书房，他坐在客厅里喝茶喘口气，一眼就看到了东南角的留声机。过去还真没上过心，那不过是有钱人家附庸风雅的摆件；看完遗书不同了，他豁然发现了其中隐秘的联系；果然，他凑上去准备拨弄唱针时，罗冬雨及时制止了他。

余家的水很深，而他的亲姐姐是秘密的参与者之一。这让罗龙河既伤心嫉妒又兴奋自豪。既然罗冬雨对此讳莫如深，罗龙河更加确信，在书房里大闹天宫绝非谁随便在余松坡身上点个火就能引爆的。余松坡摊上大事了。兹事体大，大得让他失控了。那么，此事何事？

他们要去蚁族聚居点。近的挂甲屯、小月河，远的北四村。如果时间充裕，罗龙河还想带余松坡看看北大西门外的承泽园，那里聚集的主要是一批考研大军，非北大、清华的研究生不念，每天奔波在北大和清华的各个讲座、课堂和自修室之间，晚上回宿舍就是睡个觉，所以他们对住处不讲究，三五个人一个房间也能凑合过下去。上下铺的两个室友，经常合住了两三个月还记不清对方长啥样。余松坡想继续"深入生活"，以便确定戏中的这一章节改不改，如何改。

因为大风将临，憋了几天的人和车都出来了，城市又开始堵。余松坡兜兜转转地开车，罗龙河一抬头，看见了天桥上的流浪汉，还是那一副行头，不过怀里抱的已不是白色气球，模模糊糊的是什么看不清楚。罗龙河说：

"余老师，看，跟您合影的那流浪汉。"

余松坡踩了一脚刹车，笑笑："我不认识他。"车继续走。

"那照片拍得可真棒。"罗龙河从手机里找出一条发过的微信。他转了那张照片，就像那天他在讲座开场时说的，他为照片加了一条替余松坡开脱的按语：余导是个"有情怀、有担当、有悲悯之心"的高尚的人。他希望朋友圈里质疑《城市启示录》的好友都能看到这一条。他把手机放到余松坡面前，尽量把整条微信往下拉，以免余松坡看见韩山跟在后面的评论。韩山的评论只有一个简单的表情符号：眉毛一根高一根低在咧着嘴坏笑。他不记得未来的姐夫是何时跟的评论，但那一脸坏笑让他再次想到余松坡和鹿茜抱在一起的情景。他觉得胃有点难受，逐渐平息下去的恨意又迅速抬起了头。

一个急刹车。罗龙河以为余老师是为了看清微信才停靠到路边的，正担心他看到韩山的坏笑，余松坡说："删掉它。"罗龙河没反应过来，余松坡重复了一遍，"把它删掉！"如果声音也有长相，罗龙河觉得这句话是瞬间就拉下了脸。

"我想让质疑《城市启示录》的朋友更好地理解您。"

"任人评说。"余松坡也找不到更好的借口。讲座前罗龙河拿出那份报纸他就已经不高兴了，但那是在现场，只能由他去。"我不认识他。"

"谁都不认识他。"

"我不想作为一个公共形象流传出去。我只做一个导演该做的事。删了它。"

"可是《城市启示录》不仅仅是一部戏剧。"

"不管《城市启示录》里演了什么，它都只是一部戏。删了它。"

"之前您可不是这么说的。三个月前的一个周六，您对《青年报》的记者说，在当下中国，一部现实主义的作品不可能仅仅是一部作品，它还是我们生活本身。"罗龙河为自己辩驳的胆量震惊，同时感到了报复的快意。也许正是这报复的欲望激发出了他顶撞偶像的勇气。"您还说，正是因为您对我们的生活存着一份剪不断、理还乱的关注，才让您这几年尝试把实验戏剧引入现实，或者说把现实带进实验戏剧。您说您要在两者之间寻找出一条行之有效的通道。”

“我说过？”说完余松坡就意识到自己严重失态了，“抱歉，龙河，这几天休息不太好，有点烦躁，不要介意。是我说的。”他拍了拍罗龙河的肩膀，用这份亲昵也给自己一个台阶下，然后松开脚刹，“不过，还是删了吧。谢谢！”

罗龙河低下头删微信。动两下指头的事他干了十几分钟，为的是可以一直装作有事干，没话找话很痛苦。他不知道该说什么。而余松坡习惯于沉默，开车不吭声对他从来不是问题。罗龙河把没看的朋友圈全浏览一遍，挂甲屯到了。因为长时间看手机，他有点晕车，下车时两腿发飘，心里油煎火燎的，差点吐出来。

聚租点都大同小异。住宿条件拥挤简陋，人多嘴杂，卫生和治安环境堪忧。挂甲屯的特点是平房居多，街巷横平竖直，远看一个个院子秩序井然，进了门就得盯着脚下走，地形一般比较复杂。房东们很少住这里，他们靠源源不断的房租早就买了另一个住处，即便暂时买不起新房子，也会择地另租一套好居所，以租养租。院子地方大，房东们见缝插针，能住人的地方都放上床，能放下床的地方都建起房。能建两层的不建一层，能建三间的不建两间，都是单砖到顶、苫上楼板和石棉瓦的简易房，方方正正的像大号的鸽子笼或小号的集装箱，挤满了整个院子。

都是单身的年轻人，每天早出晚归，开火做饭的没几个，巷子里的小饭馆、小吃铺和小吃摊就很多。余松坡他们进巷子时，浓郁的烟火气还飘荡着，细细嗅能辨出豆腐脑、油条、油饼、茶叶蛋、小笼包子、绿豆稀饭、鸡蛋灌饼、炸火腿肠的味道。不着急的刚刚起床，牙没刷，脸没洗，顶着一头乱糟糟的雷震子一样的发型，趿拉着拖鞋，赶在早点收摊之前来买个煎饼果子，眼睛还没有完全睁开，路走得磕磕绊绊，从背影看如在梦游。他们慢悠悠地一路走过去，蹲在路边刷牙的小伙子满嘴泡沫地和他们打招呼。不需要认识是谁，谁都是陌生人。有两个女孩在他们面前锁好院门，一个穿着清雅体面，一个时尚摩登，长筒棉袜、裙子和高跟鞋，脖子上围一圈看不出是哪种动物的毛。一个愣头愣脑的小伙子从一扇门里冲出来，右肩上挂着一个沉重的黑色双肩包，撞到余松坡身上，看着前方向余松坡摆了摆手，一溜小跑走了。

“又是个复习考研的。”罗龙河说。

再往前走，一处院子大门洞开，一个男孩和一个女孩站在两间小房子中间的空地上吵架。迅疾的南方方言你来我往，余松坡更听不明白了。罗龙河听了几分钟，翻译了个梗概给余松坡。两个老乡隔壁租房，早上的洗脸水泼到了对方门前，由此开始，陈芝麻烂谷子全翻出来了：一天谁霸着自来水龙头不让；哪一次谁在厕所里蹲的时间太解；哪一回谁把太阳能里的热水全用光了；上个月收房租时，谁在房东跟前告了对方的黑状。

余松坡想找个合适的租客聊聊。他们在巷子里绕了几圈，看见一个姑娘在门前生炉子。炉子倒烟，呛得她眼泪汪汪的，一个劲儿地咳嗽。余松坡提醒她：

“对着炉门扇风。”

那姑娘才想起用扇子。从厨房里找来扇子，挥几下，火上来了。她很不好意思地解释，生炉子的活儿都是她姐姐做，她们家在海南，长这么大她就没对付过炉子。余松坡问她姐呢？去学校了。她说，她姐在国际关系学院念公共外交与文化传播专业的研究生。

“你呢？”

“我？”姑娘耸耸肩，“毕业等于失业。都说北京机会多，就来了。半年换了三个公司，没一个像样的。前几天刚辞了。”

“生活怎么解决？”

“编书啊。”姑娘从炉子旁边的藤椅上拿起两本折了无数个页脚的政治和历史类的书籍，“一手糨糊一手刀。业内术语叫‘攒书’。”

“好使？”

“那当然。政治八卦，国际国内形势分析，盗版书摊上的抢手货。”

这个长相不怎么漂亮的姑娘引起了余松坡的兴趣。鹿茜打来电话，罗龙河走到远离火炉的巷子的另一端接电话。此刻炉子上已经坐上了水壶，姑娘希望余松坡能喝上用煤球炉烧出的开水泡的茶。姑娘递给余松坡一把椅子，二人聊得如火如荼。

鹿茜在电话里让罗龙河帮忙，希望罗龙河现在报考的导师张竹逊教授能给她写一封推荐信，她想去人艺和国家话剧院碰碰运气。张教授是国内研究斯坦尼体系的几大高手之一，没准用人单位会卖个面子。越快越好，招聘信息挂到网上已经很久了。

“那我也没法现在就飞到张老师家。”

“我的事你从来都不上心！”鹿茜有鼻音。感冒了？罗龙河想到韩山说的，她和余松坡抱在一起时穿得可不太暖和，头脑里亮了一下。

“在哪儿呢你？说话呀！”

“陪余导挑演员呢。”

“挑什么演员？在哪儿？”

“挂甲屯。”

“在那儿挑？演民工吗？要男的还是女的？”

“女的。”

“《城市启示录》？”

“可能吧。”

鹿茜的声音像一把弦紧过了头的提琴，越发地急促尖利：“他不是说还没考虑好吗？”

“考虑什么？”

“我的事不要你管！”鹿茜说完，觉得不妥，刚让罗龙河求推荐信呢，干脆装傻，继续发威：“记着推荐信！越快越好！”电话挂了。

罗龙河揪着下巴上一根没剃干净的胡子。事情只可能是这样：鹿茜去找余松坡要戏演了。他们抱在一起。如果没有更严重的情节的话。罗龙河没勇气继续往下想，远处余松坡正和攒书的姑娘聊得热闹，他们都没往这边看，但他还是有种当众吃了耳光的感觉。身体是交易的一部分，要么是早达成了默契（他们认识才刚刚一天啊），要么是鹿茜主动送上的门（她想过他罗龙河的感受吗），看她把自己收拾的，大冬天光着两条大腿！

而现在的结果是：抱过了，余松坡依然没答应。自己的女朋友被放了鸽子。他觉得又一串耳光扇了过来。

这天上午他们还去了小月河和北四村。像在挂甲屯一样走走停停，有合适的年轻人就聊一会儿。决定找个地方吃午饭时，已经下午两点。余松坡没提去承泽园，罗龙河更不提。鹿茜的电话之后，他一直就没有从两串耳光的火辣感觉里出来。没有比他更荒唐和怯懦的男人了，女朋友被人抱完了又放了鸽子，自己还屁颠颠地陪着到处乱晃。这可能是他有生以来最沉默的一个上午，也是他思维最活跃的一个上午，他把该想的不该想的全想了一遍。在饭馆里，坐下，面对面等着饭菜的空当里，他决定出击。但余松坡先说话了：

“有事吗龙河？一上午你都没太吭声。”

“我在想如何修改《城市启示录》。”

“说说看。”

“质疑并非没有道理。戏中呈现的只是表象的一部分，必须把另一部分也呈现出来，才能辩证地看到问题的复杂性。”

“继续。”

“保留现有的细节，增加辩证的那一部分。把它矫正过来。”

“比如？”

“加人加戏。让鹿茜跟教授和烧菜的姑娘吵起来。”

“鹿茜？你女朋友？”

"对。她能把那角色演好。吵架她在行。"

余松坡给他杯子里添上水："你们俩商量好的？"

果然去要戏了。"您担心她不合适？"

饭菜上来了。

"边吃边说。"余松坡说，"一上午我收获很多。必须承认，我没有充分认识到问题的复杂程度。"

"也就是说，戏要改了？"

余松坡对罗龙河摇了摇筷子。

"一动不动？"罗龙河有点迷糊。

"不往前走，也不往回收。"

"您不是说，已经认识到问题的复杂性了么？"

"正因为认识到问题的复杂性，探到了它的边界，我才决定不改了。目前是保持争议的最佳状态。"

罗龙河没听懂。

"过犹不及。减之一分又太短。"

罗龙河一嘴饭菜，筷子举在半空："对不起，我还是不明白。"

"过几年你就明白了。做一件事不容易，做成一件事更不容易。你要有分寸地站在风口浪尖上。"

"策略？"

"不仅仅是策略。也可能就是事实本身。三两句话说不清。吃饭。"

重又上车，余松坡打开收音机，除了雾霾好像没别的话题了。主持人说，空气中 PM2.5 增加 10 微克 / 立方米，人的脑功能就会衰老 3 年，病人病死率会提高 10% 到 27%。在主持人列举各种数据的声音中，他们俩有一搭没一搭地说着话，说了什么，下车时罗龙河完全记不得了。余松坡在京西大学门前把他放下来，他和余松坡挥过手，关车门时听到主持人说的最后一句话是：昨天，淘宝上口罩的销售量首次超过了避孕套。

站在京西大学门前，罗龙河觉得自己的大脑功能正在衰退。那些容易和不容易、风口浪尖和策略，他不是一点不能理解；或者说，这些放别人身上，他理解起来障碍也不大，但在余松坡那里，他转不过来弯。很多个余松坡他都能接受，甚至怀抱鹿茜的那个余松坡他也能理解，但“要有分寸地站在风口浪尖上”的余松坡他无法理解。一个完全有别于文字和生活中的、全新的余松坡出现了。这个身转得如此之快，罗龙河跟不上。

这几年他都在努力跟上，一点一点接近的那种跟上。他要沿着余松坡的方向往前走，以便走着走着就把自己走成另一个余松坡。他读余松坡读过的书，看余松坡看过的戏，揣摩过余松坡的趣味和审美，模仿余松坡的手势和发音特点：一句话末了，余松坡会出现鼻音；而开口的前两个字，通常要打一下磕巴。他私下还练习过余松坡演出谢幕时的鞠躬姿势，右手放到胸前，弯腰三十度，停留两秒钟。余松坡之纯粹，不可冒犯和篡改，他是他的乌托邦、理想国和世界的尽头。他是他照镜子时能看见的唯一一个自己。现在，余松坡说，“要有分寸”，罗龙河油然生出了一种不洁感，他觉得在内心里自己正在失态，前所未有的幻灭和悲伤，从脚底下往上蔓延。

他在校门口站了二十分钟。就站着，不知道接下来要干什么。复习考研的书没带在身上，现在回住处又嫌早，他决定去一趟图书大厦，看能否找到中文版的《生死书》。

踢踢踏踏地走，抬头看见了天桥上的流浪汉。罗冬雨跟他说，前两天余果从流浪汉手里买了几袋“新鲜空气”，那老头儿就是个天才，头脑不好使了也照样可以骗钱。现在他怀里的东西显然不是新鲜空气。

罗龙河上了天桥，流浪汉听见人声，转过身，对他咧嘴一笑：“买风扇吗？专治雾霾！”他从大衣里摸出一个掌心大的小风扇，摁了背后一个开关，三片扇叶转动起来。他把嘴张大，黑洞洞地对着风扇哈气，风把他凌乱的胡须理顺了。“雾霾！你看，吹跑了。”他说。他哈出雾霾，用风扇把它吹跑。见罗龙河没反应，流浪汉又从大衣里摸出一个小风扇，摁了开关，一手捏着一个，顺着马路的方向水平地吹过去。“看，雾霾逃跑了。”他兴奋地说，“跑出北京城了！”

罗龙河觉得流浪汉的声音听着耳熟，哪里熟又想不起来。他问：“多少钱一个？”

流浪汉晃动五根手指，“五十。”

“便宜点。”

“好东西不讲价。”流浪汉把红围巾甩到身后，“告诉你个秘密，你不能跟别人说啊：环保部也是用我的治霾神器治理雾霾的。”

“你这风扇叫什么？”

“治霾神器！”流浪汉害羞地一笑，“打个八折也行。”

“四十？”

“不，八折，六十。”

罗龙河终于明白为何耳熟了，他普通话里的口音和余松坡的很像。

“你是哪儿人啊？”

流浪汉说：“我不会告诉你我是鹤顶人！”

罗龙河的心跳现在才真正加速。余松坡是鹤顶人。“你肯定不愿意告诉我你姓余。”

“你买我的治霾神器，”流浪汉弓着腰往罗龙河身边凑，“我就告诉你我姓余。”

“你不姓余。”

“我姓余！不信你去问政府。”他两个脚后跟并拢，举起右手立正。“余佳山到！”

罗龙河掏出五十块钱，买了一个小风扇。下天桥时一脚高一脚低，心脏从未跳得如此剧烈。不是发现秘密的兴奋，而是自己的秘密被别人揭穿后的恐惧。离开天桥两百米远他才敢回头看，雾霾吞没了天桥和桥上的人，他对着影影绰绰的一个轮廓心里默念：

“余佳山。余佳山。”

12. 刚起床就犯困，这在过去没有过

教　　授　终于见到余导了。

余松坡　我不是余松坡。我只是饰演余松坡。

教　　授　一样。你说他的话。

余松坡　我只在戏里说他的话。

教　　授　你俩区别很大？

余松坡　当然。我在戏里是个无条件的现实主义者，我关注这个城市，关注这个国家的每一点风吹草动。而他必须在艺术的框架里才能真正有效地思辨城市的现实。

教　　授　生活中呢？

余松坡　他是个纠结、犹疑、怯懦和沉默的人。很难想象他在纽约生活了这么多年，也很难想象他在先锋戏剧领域竟能勇往直前走了这么远。

教　　授　以他的性格，您认为他应该成为哪个类型的人？

余 松 坡 无条件的现实主义者。关注这个城市，关注这个国家的每一点风吹草动。

——《城市启示录》

刚起床就犯困，这在过去没有过。和所有能干的保姆一样，罗冬雨精力过人，忙起来可以连轴转，一天五个小时睡眠足够。这两天出了问题，早上起来就开始打哈欠，一直打到第二天早起。夜里睡不好。

余果的咳嗽倒是在好转，霍大夫断言，张家口的风一到，又是一个活蹦乱跳的娃儿。她操心的是余果的爹。书房的破坏力度相当可观，顺这股劲儿走下去，你不知道这个家会变成什么样。罗冬雨努力让自己醒着，以免赶上她睡得正香，余松坡出动了。从一个深沉的睡梦里挣脱出来至少需要十分钟，足够余松坡把房子和他自己都毁了。祁好在电话里说："冬雨，你是姐的亲妹妹，老余就拜托给你了！"罗冬雨说："姐，我尽力。"她用力把眼睛睁大，耳朵像指南针一样竖着，等着余松坡的另一只靴子掉下来。偏偏余松坡睡得极好，两天都没起一次夜。早上起床，余松坡见罗冬雨捂着嘴打哈欠，问：

"余果又折腾你没睡好？"

"果果很乖。"罗冬雨说，"我睡得太沉，累的。"

余松坡认真地回答："嗯，睡得太沉的确会累。"

睡眠不足导致注意力涣散。她给余果更换防霾口罩的滤芯时操作失当，去幼儿园的半路上，滤芯脱落，余果在一秒钟后就开始咳嗽。此类疏忽过去从未有过。回到家她决定临时改变作息，白天把觉给补回来，天大的事也等睡足了再干。其中包括陪韩山去给他爹妈买暖宝宝。南方的冬天没暖气，湿度又大，上了点年纪就易患风湿病，腰椎颈椎毛病也一大堆，不清爽的地方来一帖准儿媳妇送的暖宝宝，那能一直舒服到心窝子里。她给韩山微信，换个时间吧，先把命捞回来再说。韩山心疼女朋友，但他就上午半天假，过了这个村就没这个店了，而罗冬雨又是为余家弄丢的半条命，他还是忍不住地不痛快。罗冬雨就回他：

“过了这个村，你绕地球一圈不就又回到这个店了？”

韩山还她一个白眼：“绕回来谁知道村和店还在不在。”

发过微信，正愁这个漫长的上午如何打发，路通快递的微信群里来了一条消息：卡卡走了。

没救回来。

余果刚进幼儿园，张家口的风就到了。预计昨天晚上抵京的大风，像首都机场的航班，推迟了整整一夜。民间气象学家的解释是，雾霾厚重，风推得吃力，一路小碎步地往前拱，到北京已经疲惫不堪。的确，刚开始只有光秃秃的树梢上有风，像喝得微醺的人在摇摆，与其说那是运动，不如说是在休息。临近中午，精气神才养足，从树梢上往下移动，枝干开始晃动。雾霾像布匹一样被风扯动，一块块从人们眼前掀过去。整个北京又沸腾了，没被堵在路上的车辆也摁响喇叭以示庆祝。韩山去医院和卡卡遗体告别，尽管心情无比悲痛，还是把三轮车的喇叭摁了一遍又一遍，摁一遍喇叭他说一句：

“卡兄弟，哥这是为你哭一场了。”

因为风来了，幼儿园的课间操临时恢复。孩子们摘下口罩，欢快地来到操场上，只有余果一人还戴着。他的咳嗽尚未痊愈，对冷风依然过敏。戴口罩的余果摘下的是手套，这样他就比别的孩子多了一道更别致的感受风的途径。他觉得风经过双手时有种弯曲的、柔和的、变幻的力道，当然那种美感有点冷，很像他看见的冬雨阿姨正在洗碗的手。所以，当他们回到教室，开始用彩纸给父母做一件新年礼物，以便在元旦联欢会上垂挂到教室的天花板上时，余果选了他和罗冬雨都喜欢的橘黄色彩纸剪了一只长有十根指头的手，并让老师帮忙写了一句话：冬雨阿姨，长大了我帮你洗碗。

风来的时候罗龙河被自己的梦惊醒了。准确地说，是被一个念头惊醒的，那念头还没来得及形象地转化为梦，他就醒了。他要让余松坡与余佳山面对面。余松坡必须见余佳山，这个疯狂的想法让他突然睁开了眼。罗龙河拉开窗帘，透过玻璃上的水雾恍惚看见屋后的树梢在摇。与这个念头同时焰火般来到他脑袋里的，还有两个词：挽救与报复。女朋友被别人抱了，据目测，还大大超出了一般的礼节性拥抱，这是个大事。你不吭声也是个大事。那个人还是你的偶像，梦里你都愿意给他戴上个金灿灿的圆光环。还有更大的，偶像一改正大庄严之宝相，开始蝇营狗苟地小心算计与权衡了，他的胆怯、逃避与虚伪几乎要像微笑一样公然挂在脸上了。余松坡背叛了他自己，余松坡还背叛了他罗龙河。他无法接受，他不能坐视余松坡的堕落和偶像的坍塌，他不甘心。他必须有所行动，他要挽狂澜于既倒，扶大厦之将倾；他要正本清源，从根子上解决问题。那好，面对面，谁也别想躲，也逃不掉。

醒来之后罗龙河开始兴奋，就这么来。他觉得于历史、于当下、于将来，于余松坡本人，于余佳山、鹿茜和他罗龙河，这样的“硬着陆”，大约是世间最完美的设计了。

他起床，洗漱。为了让勇气长久地保持下去，早餐罗龙河吃掉了三个面包，喝了两袋速溶的雀巢咖啡。

但越刮越大的风，让他不安。他的决心根基尚浅，他担心会像树苗似的被连根拔起；他也担心风来霾散，余佳山没了卖“治霾神器”的理由，天桥上就再找不到他了。他的担心一点都没多余，当他从北四村倒了三次车又步行了十分钟出现在天桥下，桥上一个人都没有。上午十一点，雾霾已经被风清理得差不多了。他上桥后左顾右盼，希望能在人群里看见余佳山。哪还有藏青色棉大衣和红围巾的影子。而马路上的行人抬头往桥上看时，都能看见罗龙河背后清洁湛蓝的天。天蓝得如此悠远辽阔，仿佛换了一个人间。

附近的两条街上都没找到，罗龙河在一家二十四小时便利店门前坐下来。大风刮到了他的身体里。现在回北四村的出租屋里，他还可以在傍晚来临之前做完一套英语考研模拟题和一套政治考研模拟题，这一天或许更完美。但他还是站起来，穿过地下通道来到马路对面的肯德基，喝了今天的第三杯咖啡。额头上的血管跳起了踢踏舞，趁着这股劲儿他又走了两条街，终于在第四条街的一座天桥上找到了余佳山。他还在卖“治霾神器”。

头脑果然坏了。罗龙河走到他跟前，余佳山完全不记得昨天见过这个年轻人。“要治霾神器吗？”余佳山把小风扇举到罗龙河面前，然后又对准浩荡长空中的某一个只有他才能看见的点，“看，有我的治霾神器，首都的天才蓝了！”

“天都蓝了，我还要你这神器干吗？”

“你不知道？”余佳山神秘兮兮地说，“我的神器一停，雾霾立马就会回来。”

余佳山说得没错，风走了，雾霾还会卷土重来。

“饿吗？我请你吃午饭。”

余佳山摸摸肚子：“买我一个治霾神器，我就跟你去吃饭。”

果然是余松坡遗书里的那个余佳山，脑子坏了照样是一把做生意的好手。而且他明白行情，雾霾退了，治霾神器价格随之下调，三十块钱一个。罗龙河付过钱，把风扇塞进口袋，带余佳山进了路边的一家武圣羊杂割店，喝羊汤吃烧饼。他问余佳山还想吃什么，余佳山看着菜单上的样品，一瓶啤酒，十根羊肉串。罗龙河胃抽了一下，每根串五块钱哪。这个余佳山，不需要傻时可真是一点都不傻。

一瓶啤酒，十根串，三个烧饼外加两大碗羊肉汤，余佳山吃得饱嗝都堆到了嗓子眼里。吃完了他摸摸肚子要走，还有两个治霾神器要卖。罗龙河拦住他，大老板吩咐了，有多少买多少。

“大老板在哪儿？”余佳山来了兴致。

“在家。”罗龙河说，“我带你去。谈妥了可以买更多。”

“这就走。”余佳山站起来，“小屋里还有十个，我去拿过来。”

“你会把大老板吓着的。节制点。”

余佳山做了个鬼脸，眼珠子要从眉毛、胡子和头发中间蹦出来。他跟在罗龙河身后，出了羊杂割店，侧着身子穿过大风往余松坡家走。在路上，罗龙河给余松坡发了条短信：

余老师，在家吗？您一位多年不见的老朋友想见您，我这就带他登门拜访。快到了。

余松坡回：哪位老朋友？

以罗龙河对余松坡的了解，若不在家，他也会尽快赶回来的。实在赶不回，他会在短信里说明的。罗龙河没回复，接着给鹿茜发了个短信，让她见信后即刻来余老师家，随信附了详细地址，然后关了手机。

到余家楼下，两点三刻。罗龙河摁响了门铃，这时候罗冬雨午睡也该起了。

飞机在大风里摇摇晃晃地落地，比预定时间晚了一个半小时。总算到北京了，祁好心里踏实了一点。空间的距离有效地缩短了心理距离，似乎她一踏上北京的水泥地，余松坡的安全就有了保障。这两天把她担心坏了，回国后的几年里从没这么乱过。孩子生病，老公的戏引发争议，状态堪忧，而她偏偏远在彩云之南。祁好终于绷不住了，“乱世须用重典”，非常时期必得有非常对策。一大早她敲响出版社社长的房门，他们同住“菩萨的笑”。

进了门她就说，我必须走。睡眼惺忪的社长以为她要辞职，让她稍等一分钟，他去卫生间洗了一把冷水脸，以便清醒地回忆这段时间社里哪个地方对不起她了。

“孩子生病，保姆顶不住了。”祁好说，“我得回去。”

社长松了口气：“不是有咱们余大导演压阵嘛。”

“您可能看到新闻了，他自己的屁股都擦不干净了。”祁好说，“老余的那摊我帮不上，随他去了。儿子我得弄好。这些年我都不是个称职的母亲。”仿佛一下子就到了伤心处，眼泪圆滚滚地往下掉。为了表明这的确是临时动议、不得不回，她把前天的快递单给社长看。她在云南买了一批傩戏的面具，先行快递回京了，因为她想在这边多待几天，怕随身的行李带不了。

社长眼窝子也浅，女人一落泪，于情于理他都得答应，那赶紧回吧。大理直飞北京的航班只有傍晚六点多的一趟，看样子祁好等不了。社长给北京的办公室主任打电话，把主任从被窝里薅出来，改航班。经由昆明转机回京，选最快最合理的班次。祁好谢过，从兜里掏出打印好的书面发言稿，连夜改出来的，只好拜托社长帮忙在论坛上宣读了。然后收拾好行李，带好给余果买的蛇皮果等新鲜果蔬，打车直奔大理荒草坝机场。

她跟社长说了一半真话。余果的咳嗽基本无碍了，张家口的风还没有吹到北京，但迟早的事，只要天蓝了，云朵白了，余果就会和雾霾前一样，肺部和气管功能一切良好。她焦虑的当然不是儿子。不过，她说自己不是个称职的母亲，倒也一点都没谦虚。

你让余果在她和罗冬雨之间挑一个，睡着的时候他也会挑罗冬雨。三岁半之前不知道遮掩，到哪儿都说全世界冬雨阿姨最好。这个家余松坡可以不在，祁好也可以不在，罗冬雨必须在，不在天就塌了。三岁那年春节，罗冬雨回老家过年。罗冬雨腊月二十七离的京，后半夜三点余果被尿憋醒了，睁开眼发现冬雨阿姨不见了，开始哭，完全忘了白天里说得好好的。祁好只好打电话。罗冬雨在火车上，睡得正香，忙不迭接电话，怕吵醒别人。跟余果说了半小时的话。火车上的信号又不好，断断续续，声音一不留神就大了，搞得那个硬卧小隔间的乘客都用咳嗽、叹息、打嗝、放屁和不停地翻身来表示抗议。电话挂不掉。

最后罗冬雨想了个办法，数完一二三，看谁电话挂得快。一二三数完，罗冬雨立马掐了电话。第二天一早快下火车，祁好的电话又来了，说昨天夜里余果很伤心，又闹了一阵，累了才继续睡着了。罗冬雨数完三挂掉后，余果这头还攥着手机，眼泪汪汪地对祁好说："妈妈，冬雨阿姨为什么不数到五再挂？"所以祁好在电话里说，一会儿余果又要通电话，请罗冬雨务必多数几个数，等余果挂了之后再放下电话，孩子哭得实在太让人难受。罗冬雨说好。果然，余果睁开眼头一件事就是打电话。

罗冬雨说："果果，昨晚是阿姨不好，这次我们数到五再挂好不好？"

"不好。"余果说，"我们还是数到三挂。"

"那好，一会儿阿姨来数一二三。"

"我要自己数。"

"阿姨忘了，果果都能一口气数到五百了。"

然后是东拉西扯地聊。要下车了，罗冬雨说，果果得数一二三了，阿姨到站了。余果在电话里开始数："一，二，四，五，六，七……冬雨阿姨，我们要说话算数，没数到那个数都不能挂……十一，十二，十四……"逢三他就避开，没办法，罗冬雨只好改用通话耳麦接电话，把两只手腾出来拎行李。

最要命的还是腊月二十九晚上。通电话也不管用，非得见到冬雨阿姨才行。闹不动了，余果就穿着睡袋坐在自己的小床上静静地哭，哭得手脚冰凉。余松坡两口子扛不住了，答应明天就去找罗冬雨。当着他的面在电脑上订大年三十的机票和酒店。酒店在县城，为方便随时去罗冬雨家；同时在网上租了一辆车。折腾完了，余果才停止哭泣，倒头就睡。半夜在梦里说："妈妈，我们的飞机起飞了吗？”

那年他们是在罗冬雨家乡过的除夕夜。罗冬雨带他们一家在镇子里放烟花爆竹，余果开心得嗷嗷叫。吃过年夜饭，他们把罗冬雨带到酒店，开了个房间，余果要跟冬雨阿姨住一屋。回北京，当然也得一起回，那也是罗冬雨第一次坐飞机。

过了三岁半，余果懂得给爹娘点面子了，遇到谁好之类的选择题，他就绕一个弯子：“爸爸妈妈叫我余果，硬邦邦的；冬雨阿姨叫我果果，听起来像叫一串糖葫芦，酸酸甜甜好吃极了，所以我觉得冬雨阿姨好。”

祁好丝毫不觉得安慰，她知道自己做得不好。她嫉妒罗冬雨，感激她同时也恨她，但又离不了她，唯一的办法是把她当成自家人，也让罗冬雨感觉自己就是这个家必不可少的一员。正因为不是个称职的母亲，她不能再成为一个失职的妻子了。毫无疑问，丈夫出事了。她不知道《城市启示录》的争议多大程度上影响了余松坡的精神状态，无论结果如何，她相信余松坡有足够的胆识把它接下来。她放不下的是那个流浪汉，凭直觉，那个似曾相识的陌生人不会给自己的丈夫带来好运气。如此频繁地动用《二泉映月》，非同寻常。

回北京的一路上她都在想那个流浪汉可能是谁。她想到了，但她不愿意相信。直到飞机在降落时剧烈颠簸，很多乘客抓紧座椅扶手，脸色发白，她自己的胃里也翻江倒海随时要吐出来，她把紧闭的眼睛猛然睁开；最坏的结果也不过是一头栽下去。那么好吧，就算他真是余佳山！飞机平安着陆，一个天高地迥、风大如旗的北京让她稍稍有所慰藉：事情不会比你想象得更好，也绝不会比你想象得更坏。她会和余松坡一起面对这个不速之客，她必须跟余松坡挑明这一点。

余松坡不曾和她提及余佳山，也不清楚她竟然知道真相。余佳山的名字进入祁好耳朵纯属偶然。那年余松坡父亲病逝，两人不远万里归国奔丧。料理过后事，他们拖着行李去机场，出门前余松坡大哥叫住她，说父亲弥留之际有遗嘱，让余松坡找到余佳山。没用上入伍名额，但咱们害了人家，也要涌泉相报。那时候余佳山早从监狱中出来了，精神出了问题，不知云游到了哪里。听得祁好云山雾罩，问：

“余佳山？谁？”

“坐牢的那个呀。”

祁好茫然地摇头。

余松坡大哥意识到泄了余家的密。他把弟弟想简单了，以为凡事都会和老婆兜底，所以拐个弯委托祁好，择机提醒弟弟，免得当面说余松坡脸上下不来。既然弟弟深埋在肚子里，必有他的道理，更不便多嘴了。一只苍蝇在眼前飞，他伸手去捉，让你飞，让你飞，一直追到了大门外，才松了口气。接余松坡他们去机场的车到了。他再没机会和弟弟解释，他们上了车。过几年，哥哥也患了肺癌，死了。

多年里祁好常有憋不住的时候，围绕余佳山转圈子试探，余松坡铁嘴铜牙，全巧妙地挡了回来。祁好便不再过问，她尊重丈夫的隐私。但这挡不住她私下对众多不解之谜排列组合的游戏。天大的秘密也经不住持久端详，聚沙能成塔，集腋可为裘，任余松坡讳莫如深，真相也逐渐浮出了水面。那天罗冬雨在微信视频里向她展示余松坡和流浪汉的合影，祁好分明听见“哐啷”一声，那是谜底轰然落于地上的响动。

余佳山跟在罗龙河身后东张西望地走，如果排除他峥嵘的须发和身上隐隐散发出来的异味，基本上接近正常人了。他对即将到来的大买卖颇为兴奋，走几步就问到了没有。罗龙河说，走稳当就到了。余佳山立刻矫正步态，轮到那条伤腿往前迈，像一件身外之物，他用力地提起来。罗龙河在楼下摁响了门铃，他对姐姐说：

“余老师的朋友我给带来了。”

罗冬雨正用魔术拖把拖地。她将拖把随手支在通往二楼的楼梯旁边，客人来了，她去泡茶。余松坡把流浪汉约到家里，让她有点吃惊。她把茶端到客厅，流浪汉正对着墙上中央美院教授为余松坡画的肖像油画发愣，歪着头，右手直往头发里抓，打算要把脑袋里的什么东西给抠出来。

“他是谁？”

“余老师啊。”

“余老师是谁？”

罗冬雨觉得哪个地方出问题了，扭头去找弟弟。罗龙河正从卫生间里出来。“余老师就是余松坡老师啊。”罗龙河说，“余—松—坡。”

“余松坡？”余佳山换一只手抓脑袋，退两步眼珠子转一圈，退两步眼珠子再转一圈，直退到沙发前，一屁股坐上去。他那岩石一样板结的表情让罗龙河也紧张了，但余佳山突然皮肉松动，笑了，眉毛胡子一起抖起来。他对罗冬雨说：“你是大老板，我就知道。你知道吗？我有治霾神器。”

罗龙河说：“先喝茶。大老板待会儿才到。”

余佳山一口喝掉那杯滚烫的祁门红茶，扶着膝盖站起来，“余松坡是谁？”

罗冬雨说：“龙河，怎么回事？”

“你把大衣脱下来，”罗龙河知道自己已经刹不住车了，干脆玩个大撒把，先把余佳山安顿下来。他没理会姐姐。“余松坡是大老板啊，他要买你很多很多的治霾神器。”

“很多很多有多多？”

“那么多。”罗龙河对着余松坡的画像比划出一个更大的方框。

“龙河，”罗冬雨觉得哪个地方不对头，拦住弟弟，“你确定他是余老师的朋友？”

“姐，不信等会儿你问余老师。”

罗冬雨想打个电话给余松坡核实，去阳台收拾完一圈衣服，觉得没准想多了。余家稀奇古怪的客人没少来，据说文艺圈里正常人占不了多数。

此刻余佳山抱紧自己，“不脱。”他在蓬乱的胡子中间一遍遍磨叨余松坡的名字。回想往事耗了他的洪荒之力，余佳山憋出一身汗。那个耳熟的名字若即又离，望山跑死马，他怎么都抓不着。他开始焦躁地揪自己头发。“他在那里！他在那里！”他踩着沙发前的那一小块地毯转着圈子，一会儿指这里，一会儿指那里，把整个房子三百六十度地指了个遍。

“到底在哪里？”罗龙河抓住他的胳膊。

“在——”余佳山拖着罗龙河又转了一百八十度，“那里！”他指着通往二楼楼梯旁边的那面墙，胳膊、手突然僵掉了。那一墙花红柳绿、奇诡怪异的面具。余佳山的眼睛越睁越大，监狱里旷日持久的折磨与噩梦，瞬间全线复活，余佳山蹦蹦跳跳地凄厉大喊：

“鬼鬼鬼——”

祁好打开门，余佳山正和墙上的面具战斗。他挥舞魔术拖把站在楼梯上,像堂吉诃德大战风车。“报告政府，这里有鬼！报告政府，我发现了很多很多鬼！”他扯着嗓子叫，“牛头马面，你们来吧，我不怕你！黑白无常，你们来吧，我不怕你！牛鬼蛇神你们也来吧，余佳山誓死与你们斗争到底！”拖把不断碰到墙上，面具“噼里啪啦”从墙上掉下来，落到大理石砌成的台阶上，再一级级往下滚，不同材质、形状和大小的面具发出不同的声音，如同在琴键上合奏，“面具之歌”一直谱到一楼的地板上。罗家姐弟站在楼梯下面，心疼每一个掉落的面具，又不敢贸然爬上楼梯去接。面具滚落下来，他们本能地跳着脚躲避，罗冬雨急得都快哭了。

看到流浪汉在楼梯上笨拙地抡动拖把，祁好眼前还是一黑：该来的一分钟都不会耽误。无论准备多么充分，事情劈面而来，你依然会发现腰杆有那么一丝颤颤地软，为此祁好猛地挺直了腰，关节响了一声。她深吸一口气。她很想妥帖地劝慰好余佳山，她知道荒废一生的恐惧需要足够的暴戾和导泄才能安抚和平息，但她出口的却是比余佳山更凄厉、更愤怒和更悠长的喝止：

“你给我下来！”

四个人都被这披头散发的一声吓着了。静止。一个木头面具欢快地滚落下楼梯。赶上这个空当，罗家姐弟抢在祁好前头，冲了上去。祁好把包扔到沙发上，正往楼梯方向跑。余佳山看见三个人都冲自己过来，愈加恐惧得嗷嗷大叫，拖把挥舞的幅度更大，墙上的面具以空前的频率和密度往下掉。

短短的一段楼梯挤了四个人，从上到下依次是：余佳山，罗冬雨，罗龙河，祁好。窗外传来一串尖利的哨声，他们没听见，但水仙花的清香他们都闻到了。阳台上两盆团团簇簇的水仙，此刻正提前开放。罗冬雨摊平双手往下压，对余佳山说：

“放下拖把，对，别动，我们是来买你的治霾神器的。”

余佳山有那么一会儿稍稍安静下来，犹疑着是否要把拖把放下。罗冬雨慢慢往上走，差不多可以出击抓住拖把头了，在墙上摇晃了半天的白色 Larva 面具掉了下来。这种著名的威尼斯面具，通常会被身着黑衣、头戴黑色三角帽的威尼斯商人戴在脸上，匆匆穿行在运河边的月光里。“Larva”一词据说来自拉丁语的“面具”或“鬼魂”。它在黑色的大理石台阶上弹跳两次，惨白地落在余佳山脚前。余佳山再次看见了鬼。在钢筋水泥混凝土和铁栅栏包围着的五千多个日日夜夜里，这是他看见的众多“鬼”中的一个。他以为它已经走了,它又回来了。

“别过来！”余佳山对着罗冬雨挥动拖把，“你们都别过来！”

祁好在队伍的末尾说：“冬雨，抓住！”

尽管余佳山不认识眼前的这姑娘，他也明白她就是“冬雨”，他紧盯着她，稍有风吹草动他就将横扫过来。罗龙河趁他心有旁骛，一个箭步冲上，抓牢了拖把头。罗龙河人到一个更高的台阶，重心还在身后没跟上来，抓住拖把不得不往下拽。他必须抓住，以免闹出更大的乱子。从决定带余佳山过来至今，他竟然没想过，除了几个人之间大眼瞪小眼的对质，还可能出现其他突发状况，比如现在。他以戴罪立功之心死死地抓住。

余佳山踩在台阶边缘，一个外力让他的重心也乱了；抓不住，抓不住就撒手。在监狱里，他学到的最重要一个生存本领就是,挺不住,就放弃。撒个手,多大的事儿?果然日子好过了。

罗龙河攥着拖把，在余佳山的经验里闪了一下，一个后仰跌下台阶，接着撞倒祁好。祁好先是倒头栽倒，然后和罗龙河一起骨碌碌滚到一楼地板上。四个人先后发出惊叫。余佳山叫完，伸长脖子愣在高处，扭头看墙上七零八落剩下的一些“鬼”，又低头看忙活着的那三个人，感到全身热得刺挠挠地痒。罗冬雨一路喊着龙河、祁姐，反身寻步下了楼梯。罗龙河倒在祁好身上，拉一把就起来了，他只是感到疼痛，哪儿疼，弄不明白。姐弟俩一起拉祁好，祁好只“哼”一声，不再反应，软软地仰躺在地上。

罗冬雨又叫祁姐，地上的人状如酣睡，怎么喊都不醒。罗冬雨抬起祁好的头，脑袋底下垫了一块陶瓷面具的碎片；罗冬雨捡出陶片继续叫，依然没反应。得把祁好的上身支起来，罗冬雨换个姿势，突然发现手心里黏稠湿热，摊开手，看见红汪汪的一片，“哇”一声哭出来。

如果不是碎陶片垫坏了祁好的后脑勺，就是脑袋撞到了大理石台阶上。前卫校护理专业的优秀毕业生罗冬雨，工作时向以清醒冷静为师生和雇主们称道，冷静了片刻，然后慌了一些神。脑部出血，规模还不小，完全可以把你的想象力直接快进到最坏的结果。但她怀疑自己是否就真的没了主张。她的专业精神和业务修养去哪儿了？她记得她试探了祁好的鼻息，呼吸还在进行。祁好是她雇主，人家对她如何姑且不论，她于祁好有姐妹般的情义，四五年了，她已经成了“自己人”。她应该施救。她也的确在努力。她掏出手机要拨打120，手指头有点哆嗦，开屏密码输错了两次。她把手机递给弟弟，说：

“快，叫救护车。”

罗龙河抓过手机，低声说："姐，得走！"

她看着弟弟。

弟弟看着她："必须走。"

弟弟头一次露出了一个成年男人的目光，沉着，果决。她在弟弟的眼神里还看见了一个成年男人才有的恐惧、坚硬和凶狠。

"得赶快走！现在，立刻，马上！"罗龙河站起来。

她没吭声，要去找急救箱。罗龙河抓住她胳膊。

"姐，现在不走，咱俩谁都走不了。"

"先止血。"

"什么都不要动。"

否则谁都走不掉。她一定是听出了隐藏着的后半句，但她努力让自己相信，弟弟没有丝毫微言大义。做姐姐的，她得成全弟弟。于是，她觉得无边的惊慌和恐惧此刻理应淹没了自己：她已经六神无主了，所以必须依赖弟弟罗龙河。她想象着整个人飘起来，像风筝，轻薄地游离于天顶，线头攥在弟弟手里。脚底下果真就变得绵软起来。

罗龙河说："收拾，走！"

五分钟后，姐弟俩拎着旅行包，在小区门口上了出租车，去北京南站。下楼时在电梯里遇到二楼的田阿姨，问罗冬雨匆匆忙忙是要去哪儿。罗冬雨说，到外地去透口气。

田家阿姨说："小罗可真逗，这雾霾刚吹走，你要出去透口气。"

罗冬雨对着电梯出口笑了笑。她在不锈钢的电梯壁上看见了自己含混的脸，那个笑难看得能吓死人。

他们一路催着师傅踩油门。到了北京南站，罗冬雨想起出门时好像没见到余佳山。"流浪汉呢？"她问弟弟。

"早跑了。"罗龙河说，"你以为他真傻？"

"我真傻了。"余佳山说。他看见祁好脑后流出的一摊血，本能地往后出溜。他对血不陌生，很多年前记不起来的事情不必提了，能记起的：一个犯人在放风时用尖利的石头片割腕自杀，那人靠在墙边，伤口贴着墙举着右手，都以为他在拉伸大臂上的肌肉，直到看见血从他的裤管里流出来，在地上积了一汪，那是在冬天。他自己腿出事，是秋天，穿一条单裤子，狱警喊他，他没听见，他在走神，那个和他同龄的英俊小伙子跑过来，从他侧面一脚踹过来，硬邦邦的皮鞋底，他的小腿骨从膝盖下方脱离，刺破裤子白生生地支棱出来，血也在脚底下蓄了一汪。余佳山使劲儿想，还是记不起两件事分别发生在哪一年。因为想不出来，他确信自己脑子坏了。楼梯下一个男的和一个女的围着另一个女的大呼小叫，他往后退，退到看不见血的卫生间里。记不起来了，他对自己说：“你他妈的真傻了。”

盥洗盆上站着一只橡胶恐龙，这个粉色的小东西让他心生欢喜，余佳山看看左右没人，顺手塞进了大衣兜里。两双脚急急出了门。余佳山从二楼的卫生间里走出来，他还惦记着墙上剩下的那些“鬼”。下楼梯，绕过躺着不动的祁好，捡起魔术拖把，一个个楼梯往上走，所有面具都被他打了下来。他在台阶上踩它们，在地板上踩它们，然后扔掉拖把拍拍手。出门前，余佳山从茶几上拿回自己的治霾神器，转身又看见了余松坡的画像。他盯着余松坡的眉眼使劲儿看，昏暗的记忆里慢慢浮现出一张恍惚的脸，余佳山咧开嘴笑了：妈了个巴子，狗日的狱警嘛，站墙上老子就不认识你了？然后他两个脚后跟并拢，“啪”地敬了个军礼：

“报告，我，余佳山，把妖魔鬼怪全打败了！中国的鬼，外国的鬼，统统地打败了！”

下午的快递里竟有一件是余松坡的，一个大箱子。韩山看了快递单，注明“面具，小心轻放”，祁好寄自云南大理。韩山在装上车之前狠狠地踹了箱子两脚：没事买面具玩，钱烧的。他知道收快递的一定是罗冬雨，所以他连余松坡的电话都没打，骑着三轮车直奔 2 号楼。

他要当着罗冬雨的面把这句话重复一遍。这世道就是这德性，有人为了钱加班，半路上被车撞死；有人拿钱买这些稀奇古怪的东西玩。

三轮车拐到2号楼前的水泥路上，他看到余松坡站在冬青树丛边指手画脚地打电话，那表情和声音跟他大风里的头发一样乱。“到哪儿了？你们究竟到哪儿了？”余松坡跺起了脚。韩山慢悠悠地把三轮车开到他面前，才看到地上还躺着一个人，裹在一床蓬松的素色条纹被子里。韩山把头歪到一边，看见了背风处祁好的脸。祁好皮肤本来就白，现在更白，嘴唇都白，紧闭双眼的眼皮也白。

“余老师，怎么回事？”他跳下车。

余松坡挂掉电话，转过身才看见韩山。“堵车了，堵车了！”余松坡说，“救护车堵在路上了！祁老师摔坏了脑袋，人昏过去了。”

“冬雨呢？”

“不知道。不在家。电话关机。”

余松坡接到罗龙河的短信，处理完手头的事，犹犹豫豫往家赶。他想不出什么样的老朋友会让罗龙河带过来拜访。他隐隐觉得将有大事情发生，仿佛雷声从遥远处奔赴过来，无际涯地含混，其实又无比之确切。一路上抽了三支烟，他得鼓励自己。该想到的他都想到了。突然吗？意料之外又情理之中，说明时候到了。那好，天下雨，娘嫁人，拦不住就来吧。他把防风的口罩和眼镜都摘下，确保老朋友第一眼就能认出自己。要开门见山。

掏钥匙前他做了个深呼吸。果然。果然，打开门一片狼藉，墙上的面具掉下来，一个没留，零散落满一地。祁好一动不动躺在地板上，脑袋边有一摊血。祁好的脉搏和心跳都在，血也是热的。

在后来的审讯中，公安机关列出了一个无限接近事实的时间表。表上显示，罗家姐弟刚坐上出租车时，余松坡的车也进了小区。余松坡以最快的速度给祁好止血，然后拨打了120。为节省时间，余松坡用被子裹住祁好，把她抱下楼，但救护车堵在了路上。周五的晚高峰通常会提前一个半小时到来，正赶上车流量大的点儿，余松坡急得直跳脚。

“要多久能到？”韩山问。

“司机说没准儿，快了十五分钟，慢了一小时也不是没可能。”

“靠，十五分钟去医院能打个来回了。”韩山说，“要是您不嫌弃，坐我三轮车去。”

余松坡看着他的三轮车，还在犹豫，韩山已经打开车厢门往外取快件了。清空车厢后，大大小小的快件在路边堆得像座小山，难以想象一辆三轮车有如此巨大的吞吐量。

“快件怎么办？”余松坡问。

“人重要还是快件重要？”

余松坡便不再说话，和韩山一起把祁好抬到三轮车车厢里。腿稍微弯曲一下，足够一个人躺下来。祁好头部有伤，不能完全平躺，等余松坡坐进去抱她入怀，车厢里的空间还是会比较宽松的。归置过祁好，余松坡正要爬进车厢，三轮车突然开动扭了一下头，挤得余松坡一屁股坐到马路牙子上，手撑地半天才龇牙咧嘴地爬起来，捂着屁股钻进了车厢。韩山坏笑了一声，小样儿，老子整不死你！

三轮车在小区里穿行，迎面走过来鹿茜。这一次她没有光腿穿黑丝袜，而是这个季节和气温下正常的棉衣，但肯定也是精挑细选搭配出来的。她说：

“韩哥。”

韩山没停车，迎着风说：“帮我看一下快件。”

“你说什么？”

韩山提高了嗓门，完全是愤怒的吼叫：“我说你去帮我看一下楼前的那堆快件！”

不管她是否听明白了，车已经出了小区。鹿茜在三轮车驶过自己身边时，从打开一半的车厢门看见了一张迅速闪过的脸。那张脸焦虑又熟悉，是余导吗？

北京南站的候车大厅温暖如春，待久了让人懒洋洋地想打瞌睡。人多座少，罗冬雨和弟弟找了个服装专卖店旁边的空当席地而坐。他们心照不宣地把头低下来。他们在等五点钟开往舅舅生活的那个城市的高铁。回家等于自投罗网，去亲戚家其实也不安全，但世界之大，没头苍蝇一样乱跑肯定不行，谁也不知道逃亡之路到底有多长。不管你偏安世界的哪个角落，你都得给自己寻一个支撑身心的点。舅舅家在城市的边缘，越过家门前的铁道，是一马平川的野地，风刮过，大地呜咽。他们想到了逃亡之后的逃亡。

他们希望四点四十五分提前到来，因为高铁提前一刻钟检票。他们想起来就使劲儿捂一下身份证，确定它和自己的身体一起都是安全的。他们不说话，偶尔抬眼看一眼对方，相互在对方眼里看见了仓皇。离开现场后，罗龙河的坚硬和镇定反倒一点点溃散，开始他还有勇气用手机上网，一遍遍在百度搜索中刷新自己和姐姐的名字，看是否已经成全城通缉的要犯。后来整个人开始抖，仿佛从内往外冷，他从心脏、小腹一直抖到手指头，于是关闭手机，开始数手指，从这头数到那头，再数回来。罗冬雨尽量让脑子里乱成一锅粥。事实也如此，她觉得自己有很多事可以想，需要想，但没有想出任何明确的东西，头脑里氤氲漫漶一片，总也无法在某个念头上停留下来。毋庸置疑，恐惧也在侵占她的身心，而一旦完全占领，反而让她放松了下来。她含含混混地想到柿子，硬邦邦地摘下来，摔摔打打竟也变熟了。她感觉自己正沉浸在生生地要变熟的过程中，温暖的困意弥漫上来。

她觉得自己快睡着了，或者已经睡着了。睡梦中听见有人在叫自己。声音从很远处传来，越走越近，一个孩子，叫她冬雨阿姨。是余果。她腾地睁开眼，扭头四顾去找，找了一圈发现还在高铁站。

“你看见果果了吗，龙河？”她问弟弟。她觉得自己很久都没张开嘴了，以至开口说话都闻到了一股酸腐的口气。

“哪有什么果果花花的。”罗龙河站起来，“检票了。”

“我听见果果在叫我。”她还在人群里找。

广播在提醒他们，乘坐的那趟高铁正在检票。

“除了你弟弟，没有人叫你。”罗龙河说。

“不，果果在叫我。”罗冬雨确信余果在叫她。罗龙河抓住她行李包的一根提带，拖着她往检票口走。罗冬雨终于找到声音来源：专卖店里，一个和余果差不多大的孩子，被一个年轻的女人牵着，他叫她阿姨。他和余果的声音有不小的区别，但经过周遭喧嚣的篡改，听上去十分接近。

“快走啊，姐！”弟弟急了。

罗冬雨突然意识到，刚才头脑里一片混沌时，她试图抓住的正是余果。现在是余果的饭点儿，幼儿园里的小朋友正脑袋扎一块儿吃晚饭。饭后活动半小时开始上延时班，今天学的是陶艺。老师教他们用软陶捏制各种小动物。六点半课程结束，她应该准时出现在他的教室门口。

“龙河，姐不走了。”她对弟弟说。她把钱包打开，留下两百块钱，剩下的塞到弟弟的兜里，“快走。越远越好。姐姐得回去。”

“姐你不能回去！”

“姐姐必须回去。”

“为什么？”

“姐真得回去。”

她把弟弟推到闸机口，转身往候车大厅出口走。罗龙河的声音越来越弱，最后消失在喧嚣里。她站定，转过身，闸机口前围着一群等待检票的乘客，罗龙河已经坐滚梯下到了站台上。她松了一口气。不必再装作是只风筝，飘飘悠悠地悬在天上了。弟弟已经脱离了干系，她得落到地上。她得回去了。

罗龙河说止血也不能做，她就明白了，那血的确不能止。止了，你留下了痕迹，那基本就等于被摁在了“现场”，逃到哪里都得“在现场”，按图索骥，罗龙河早晚也逃不掉。不止，你就“有可能”不在现场，至少罗龙河“可以”不在。罗冬雨知道她在冒险，冒丢掉祁好的命的险；但她不得不冒这个险，一个是她四五年朝夕相处的“姐姐”，一个却是她生生世世的弟弟。

从出口下电梯，罗冬雨开始拨打120，她的手指和声音已经不再发抖。让她稍感安慰的是，当她报出余家的地址，120告诉她，一个多小时前救护车就出发了。

地铁里满满的人。一张张被生活榨干了表情的空白的脸。很多人站着就睡着了。出站后打不到的士，罗冬雨小跑着到两百米外的站牌下转公交车。这是一天中城市第二次例行瘫痪的时刻，堵得透不进风，公交车比蜗牛还慢。满天地的喇叭声。北京的傍晚降临，黑暗里透出雾霾散后高天上明亮的光，一栋栋楼像诡异的多孔的发光体。罗冬雨看手表，还有九分钟到六点半，车堵在路上不动了。身边两个老人抓着扶手吊环聊天，想让座的人在里面挤不出来，不想让座的低着头装睡。也可能是真睡着了。罗冬雨听不清他们说什么，却分明听见他们假牙在嘴里磕碰的声音。她突然对司机大喊：

“师傅，请开开门，我要下车！”

司机没理她。她又喊。司机说：“没到站。”

她不管，继续喊：“开门，我要下车！”

一遍遍喊。

全车人都看她。她在车门口继续喊。终于有人说，开吧，兴许有急事。司机骂骂咧咧开了门，罗冬雨跳下车，穿梭在停车场一样的马路间隙里。她跑得如此轻松迅疾，以至于觉得北京都和过去不一样了。她一边跑一边在想这个灯火连绵的北京城与过去有什么不同。快到幼儿园门前时，想清楚了：雾霾没了，大风也停了；而她的命运就此改变。她想，这是她最后的北京。最后的街道。最后的楼房。最后的灯和光。最后的行人、车水马龙和交通拥堵。最后的无风、无霾的十二月的北京之夜。

她停下来。她得在进幼儿园之前把气喘匀了。

罗冬雨一步一步往幼儿园大门走，路灯拉扯她的影子，肥肥瘦瘦，短短长长。她看蒙奇奇卡通荧光表，六点三十六分。还有几个迟到的家长匆忙赶进幼儿园。她听见余果的声音。余果从大门旁边的侧门蹦蹦跳跳地走出来，对她喊：

“冬雨阿姨，我在这里！我在这里呀！”

她还听见余果说：“我就说冬雨阿姨会来接我的！”

然后她就看见林警官和她的同事小黄也从侧门里走出来。她愣愣地站在原地，看他们三个人以不同的方式向她走来。快到她身边，余果张开双臂跑起来，小书包拍打着他屁股。跟他会走路至今的每一天一样，余果跑到她身边，准确地攥住了她右手的小拇指。

罗冬雨的出现让林警官有点意外，但想想也不算离谱。她只每天在园门口维持半小时的交通，熟悉的娃娃们来了，她还心疼得要亲亲抱抱呢。他们把罗冬雨想偏了。

接到余松坡的报警，他们勘察了余家案发现场。面具和碎片落在楼梯和地板上，祁好流出的血已经凝结，垫在她后脑勺下的那块瓷片没人再动过。既然罗冬雨的衣物曾被潦草地收拾过，那么一个外行也知道，必须盯紧这个做了四年多的保姆。找到罗冬雨很重要，不过更重要的是先安顿好孩子。父母都在医院，接他的保姆失踪了。林警官对小黄说，去幼儿园。

他们接到了余果。然后，出门撞上了罗冬雨。距她一个安全的位置，林警官说：

"女的苏醒了。男的，尾骨骨折。"

"男的？"

"余大导演。"

有金属声响起，林警官和罗冬雨一起朝小黄手上看。

小黄从腰里摸出一副银光闪烁的手铐。

“小黄，别当孩子的面。”

2016.03.29 晚，一稿，知春里

2016.05.06 晚，二稿，知春里

2016.05.18 晚，三稿，知春里

2016.10.22 晚，四稿，知春里

后 记

徐则臣

这部小说是个意外产物。照我的写作计划，它至少该在三年后诞生。《耶路撒冷》写完，我就开始专心准备一部跟京杭大运河有关的长篇小说。这小说既跟运河有关，运河的前生今世必当了然于胸，有一堆资料要看，文字的、影像的。以我的写作习惯，从南到北运河沿线我也得切实地走上一两趟，写起来心里才踏实。小说的一条线在 1901 年，这一年于中国意义之重大，稍通近现代历史即可明白。这一年晚清政府下令废止漕运，也直接导致了运河在今天的兴废，如此这般，二十世纪前后几年的中国历史也需要仔细地梳理一遍；凡此种种，有浩繁的功课要做。我是预料到工程之大的，但没想到大到如此，一个问题盘带出另外一个问题，一本书牵扯到另外一本书，笔记越做越多，我常有被资料和想法淹没之感。有一天我面对满桌子的书发呆，突然一个感觉从心里浮上来。这个感觉如此熟悉，我知道有小说提前瓜熟蒂落，要加塞赶到前头了。这小说就是《王城如海》。

那时候它还叫《大都市》。在此之前它叫《大都会》。我写过一个中篇小说，叫《小城市》，写的是从大城市看小城市里的事。写完了意犹未尽，想换个方向，让目光从小地方看回去，审一审大城市。当然是以北京为样本。我在这个城市生活了十几年，不管我有多么喜欢和不喜欢，它都是我的日常生活和根本处境。面对和思考这个世界时，北京是我的出发点和根据地。我也一直希望以北京这座城市为主人公写一部小说，跟过去写过的一系列关于北京的中短篇小说不同。区别在哪里？

在“老书虫文学节”上，与美国、英国和爱尔兰的三位作家对谈城市文学时，我开过一个玩笑：很多人说我“北京系列”小说的主人公文化程度都不高，这次要写高级知识分子，手里攥着博士学位的；过去小说里的人物多是从事非法职业的边缘人，这回要让他们高大上，出入一下主流的名利场；之前的人物都是在国内流窜，从中国看中国，现在让他们出口转内销，沾点“洋鬼子”和“假洋鬼子”气，从世界看中国；过去的北京只是中国的北京，这一次，北京将是全球化的、世界坐标里的北京。放言无忌的时候，这小说才刚开了头不久，但真要通俗、显明地辨识出两者的差异，这一番玩笑也算歪打正着。差不多就是这个样子。

从动笔之初它就没法叫《大都会》。美国作家唐·德里罗有个长篇小说叫《大都会》，写纽约的；有德里罗在前，纽约之“大都会”称谓世人皆知，我只能避开。那就《大都市》？与《小城市》相对。和韩敬群先生聊及该小说，他以为“大都市”不好，听着与“耶路撒冷”不在一个级别上，过两天发来一条短信，苏东坡的一句诗：“惟有王城最堪隐，万人如海一身藏。”《王城如海》如何？我“嗯嗯”地敷衍，只说备用。没想透的事我不会贸然答应，尤其是小说题目。我是必须有了合适的题目才能把小说写下去的那类作家。接下来的好多天，我把“王城如海”写在纸上，有空就盯着看。我让这四个字自由地发酵和生长，让它们的阴影缓慢地覆盖我想象中的那个故事，直到某一刻，它们巨大的阴影从容、开阔、自然地覆盖住了整个故事。好，题目和故事恰当地接上了头，名叫《王城如海》的小说才真正出现了。就它了，也只能是它。王城堪隐，万人如海，在这个城市，你的孤独无人响应；但你以为你只是你时，所有人出现在你的生活里：所有人都是你，你也是所有人。

瓜熟蒂落的小说不能拖，拖的结果只有一个，那就是你再也不会碰它。熟过头，你对它的好奇心和陌生感丧失殆尽，写作真就变成一个程序化的机械劳作，背书一样面对稿纸复述，写作让人着迷的寻找和探究的快乐荡然无存，这样的写作于我是折磨，宁可不干。所以，既然意外“怀孕”，那就当其时令，该生就生。

2016 年 1 月 1 日上午，我坐到书桌前，摊开习惯用的八开大的稿纸，在第一页的背面写下“王城如海”四个字，第二页的背面开始写小说的第一句话：“剃须刀走到喉结处，第二块玻璃的破碎声响起，余松坡手一抖，刀片尖进了皮肉。”余松坡的故事从此开始。

自此，到 5 月 18 日三稿毕，十万余字的小东西用了近五个月。我无从判断写作的速度快还是慢。有快的，长篇小说《夜火车》十来万字，一个月写完了；也有慢的，《耶路撒冷》四十万字，折腾了六年。但不论快慢，没有哪个小说比《王城如海》更艰难，很多次我都以为再也写不完了。写作《耶路撒冷》的六年里，横无际涯的时光如大海，我一个字一个字艰难地往电脑上敲，也没有为一部小说的无力完成如此焦虑过。不是故事进行不下去，也非中途反复调整，要一遍遍推倒重来——这些都不是问题。我从不为写作本身的问题如此焦虑和恐惧；只要耗得起，写作中几乎不存在过不去的坎儿，实在越不过了你就等，最终时间会慷慨地拉你一把。我遇到的是另外的问题。

是各种疾病和坏消息贯穿了《王城如海》的整个写

作过程。在动笔之前祖父就进了两次医院，溶血性贫血。在此之前我都不知道世界上还有这样一种奇怪的疾病，血液可以在一个九十六岁的老人体内相互打架，自我消耗，血色素的指标像股票一样隔天就直线往下掉。本地医院配不出祖父需要的血，溶血太厉害，血型都测不出来，只好转院到隔壁城市最好的一家医院。多次尝试，血算是补上了，其他问题出来了。上年纪了，各种器官的功能都在衰竭，医生让我把祖父想象成一辆老爷车，各个部件都处在报废的边缘，汽油供不上只是半路抛锚的一种可能。当然，油上不去，将会加速某些零部件的提前报废；而对一辆老爷车来说，哪个部件都报废不起。补过血，回家，一旦有个风吹草动，再四个小时的车躺着去那家医院。如此反复，祖父真折腾不起了，溶血性贫血在大剂量激素药的遏制下，成了威胁生命的次要因素，身体的其他部件揭竿而起。医生说，每一个脏器都可能随时说不。正是在众多的“不”声中，我在远离故乡的北京开始了《王城如海》的写作。千里之遥不能淡化任何一点担忧和焦虑，相反它在加剧和放大，你使不上劲儿，听风就是雨，你会为你使不上劲儿羞愧，自责你逃离了灾难现场，自责你因为距离造成的冷漠。每一次祖父走到死亡的关口，我都觉得自己是帮凶。我使不上劲儿，连口水都不能端给祖父喝。

祖父是个老私塾，被打成“右派”前是小学校长，其后被责令当了多年的猪倌。平反时年纪也大了，离休终老，在乡村里也算大知识分子：闯荡过世界，毛病很多，见识也有，但在儿孙问题上还保留了老脑筋，最心疼我这个唯一的孙子。凡我的事，都按另外一套规矩办。从小我和祖父母一起生活，念书了，回家也和老人住一起，感情自不必说。小时候最大的乐趣之一是去镇上赶集，祖父骑着自行车，逢集就带上我，进了集市不管饿不饿，先给我买二两油煎包子。那是我吃过的最香的包子。出门念书了，从一周回来一次到一个月回来一次到一学期回来一次，再到工作结婚后经常一年回老家一次，祖父迎送的习惯从未改变：我离家之前一两个小时，他就会拎着马扎坐在大门口，听着我收拾行李的动静；我出门，他也站起来，拎着马扎一直沉默着跟我走到巷子口的大路上，怎么劝都不回去，只说，“走你的”，或者“我就看看”。哪天我从外面回来，祖父会提前几个小时坐到巷口的路边，就坐着，坐累了回家，抽根烟喝杯茶，过一会儿拎着马扎再去巷子口。有一年冬天回老家，大雪，车晚点，到家已经半夜，八十多岁的祖父实在熬不动，上床睡了。父亲接我，用手电照着巷口至家门前的路，雪地里很多趟相同的脚印，把雪都踩乱了。父亲说，祖父一晚上就没干别的，一趟趟地走，跟他说也没用。那时候手机电话都通，我啥时候能到家早就通报得一清二楚，但祖父坚持摸黑往巷口去，嘴里还是习惯性的那句话：

“我就看看。”

那夜我到家，在院子里中说第一句话，就听见祖父在房间里说：“回来了？”

祖父从不讳言他对孙子的看重。他像一部上不了路的老爷车躺在医院的病床上时，一度因为器官衰竭头脑出现了混乱，身边的人一个都不认识，听谁的名字他都茫然。小姑在电话里告诉我，只在听到我名字时，祖父突然清醒了，说：“那是我孙子。”

待在北京写作《王城如海》的每一天，都穿插着多通类似的关于祖父病情的电话。最多的一天，我和家人来回通过二十多个电话。不通电话我焦虑，通过电话我更焦虑，真像蝴蝶效应，家人任何一点悲观的判断和情绪都能在我这里引起一场风暴。每一通电话之后，我都得坐在书桌前稳半天神，拼命地喝茶、翻书，让自己一厘米一厘米地静下来，直到下笔时心里能有着落。

工作之余我都尽量写一点，一天两百字也力图有所进展。完全停笔不动只在春节前后，我拖着行李箱直接去了医院，二十四小时守着祖父，一直到除夕前一天回老家。祖父坚持回家过年。有天早上醒来，他说我这是在哪里，为什么周围都是白的，房子连个屋顶都没有？医生说，天大的事也等过了年再说，别让老人有遗憾。这话说得我的心悬了整个年关，生怕祖父出什么意外。好在挺了过来，祖父又长了一岁。在老人身边焦虑的确是少了，我可以把祖父搀扶到阳光底下，可以端茶倒水，可以为祖父处理大小便问题，我使得上力气了。那段时间几乎不想《王城如海》的事，带回去的稿子停在哪句话上，离开老家时还在哪句话上，我甚至都没把稿纸打开，背回去的一堆空白稿纸原封不动地背回来。回到北京，坐下来，继续在书桌前的煎熬，跟之前有所不同的是，我时刻担心电话那头传来一个确定性的消息。祖父的身体确实每况愈下。医生的结论只有两个字：随时。我便在写作中随时提防那个“随时”，而这个“随时”让我的写作断断续续、举步维艰，让我觉得每一次顺利地接续下来都像是一场战斗。实话实说，半程之后的《王城如海》，我没能感受到丝毫的写作快感，我仿佛在和死神争夺一个祖父。

5 月 18 日，三稿结束。6 月 24 日，祖父在家中去世，该日故乡降下多年不遇的大雨。

愿祖父在天之灵安息！

坏消息在这五个月里扎了堆。祖父尚在医院的重症监护室里，四姑胰腺上查出来有肿瘤，医生初步诊断是恶性，因为慎重，特从省城医院请来了主刀大夫。六个小时的大手术，一家人在手术室外掉眼泪。还好，切片结果，良性。我在电话里得到消息，觉得在生死之战中，终于胜了一局。四姑待我极好。在镇上念初中那会儿，学校没法给低年级学生提供床位，住不了校，我在四姑家住了很久。四姑炒得一手好菜，念大学了，我去学校之前经常绕道四姑家，先吃一盘四姑做的剁椒鸡蛋再去坐车。祖父的病情之外，电话内容里又多了一项，四姑的病情。

四姑术后不久，父亲脚腕处积水，严重影响了行动，服侍祖父都感到吃力，不得已也开了一刀，卧床数日。他们远在老家，我唯一可以接近的方式就是电话。我从来没有如此感激过电话的发明者，伟大的亚历山大·贝尔；我也从来没有如此痛恨过这个英国人。每当我坐在书桌前，心绪不宁、惊慌失措地面对《王城如海》的空白稿纸时，我就想，这个小说是永远也写不完了，我没有那么多的心力应付接踵而至的坏消息。

这些都不算完，看过小说的读者会发现，小说中花了不少篇幅写了北京的雾霾和一个叫余果的五岁男孩，他在故事发生期间正经历旷日持久的咳嗽。他的小嗓子对雾霾过敏，PM2.5 数值稍微往上飙那么一点，在他那里就立竿见影。没错，写作这小说的过程里正值北京旷日持久的雾霾，也因为这雾霾，我四岁的儿子开始了旷日持久的咳嗽。他和余果一样，对雾霾过敏。刚治好了，雾霾来了，咳嗽又起；费了很大的力气再治，差不多了，雾霾又来，咳嗽再起。写《王城如海》的四个多月里，儿子前后咳嗽了三个多月。听见他“硿硿硿”的咳嗽声，我同样有种使不上劲儿的无力感和绝望感。那段时间，儿子清一下嗓子，我都会心惊肉跳。白天纠结他上幼儿园穿什么衣服，穿多了怕他上火，肺热咳，穿少了又担心着凉，肺寒咳或感冒咳；我睡得迟，睡前零点左右，看一次他被子盖得如何，凌晨四点钟左右还会醒来一次，看他是否蹬了被子，身上有没有微微的汗意。从早上起床到半夜突然醒来，一天要看挂在书橱上的温度计好多次。明知道气温变化不会大，还是认真地去数两个度数之间的一个个小格子，我要精确到半度、四分之一度、八分之一度、十六分之一度。

我从未如此深刻地意识到自己正大踏步地走进我的中年生活：日常生活每天都在提醒我，我是一个上有老、下有小的中年男人。写作《耶路撒冷》的时候，我三十出头，以一个青年人的心态豪言壮语，要努力进入宽阔、复杂、博大的中年写作，并为此很是认真地想象过，中年写作究竟是个什么样子。现在不必刻意地想象了，我已然中年，照直了写，大约就不会太离谱。在小说里，我多次写到雾霾，与其说要在其中加入一个环保和批判的主题，毋宁说，我在借雾霾表达我这一时段的心境：生活的确是尘雾弥漫、十面霾伏。

当然，我肯定知道谁都不能永远都过开心的好日子，生老病死，聚散离合，乃是人生题中应有之义，圣诞老人也不负责每年都往你的小袜子里塞礼物。说到恰好是情真意切，说多了就是自恋，招人烦，凭什么你遇到点事就吧啦吧啦磨叨个没完？所以，打住。《王城如海》已经结束，儿子的咳嗽早已痊愈，在小说里的那个霍大夫的精心理疗下，小东西现在身体倍儿棒，两个小腮帮子上又有了婴儿肥的迹象。四姑康复良好，逐渐适应了腹腔内摘掉部分器官之后的空。父亲为脚腕处积水上了两次手术台，现在伤口完全愈合，回到了之前的健步如飞，只是在夜深人静时，还会慢慢寻找腿部皮肉和骨头之间曾有亲密无间的关系。而祖父，已在天上，只有他老人家再也不会回来了。

《王城如海》是用笔写的,在高度发达的高科技时代，我给它找了一种古典的诞生模式。从2003年起，我就告别了稿纸，大大小小的作品都在电脑上敲出来。从前年开始，突然对纸上写作恢复了热情，喜欢看见白纸上一个个汉字顺次排列下去，甚至涂涂改改、东加西嵌的鬼画符似的修改方式都看顺眼了。一些小文章就开始断断续续用笔在稿纸背面写，写完了录入电脑，录入时顺便就修改。《王城如海》是我的电脑时代最长的一篇手写小说，第一稿就用了近两百页稿纸。纸是《人民文学》的老古董，八十年代杂志社通用的大开本，电脑来了，稿纸就淘汰了，剩下两箱子一直库存。前几年杂志社装修，地方变小了，用不上的东西都须清理，眼见两箱稿纸要卖废纸，我截了下来，竟派上大用。

过去出门出差，有稿子要赶，就得哼哧哼哧背上电脑，重不说，机场安检拿进拿出还得随身携带，太麻烦。现在出门扯下几张稿纸，对折，往包里一塞，走哪儿写哪儿，轻省简便，对日益膨出的腰间盘都是个贴心的福利。最主要的，不必在电脑开机关机的诸般仪式上浪费时间，还可以避开我的一个坏毛病：每次打开电脑都要把写好的部分从头到尾看一遍。工作忙了，日常也诸事烦扰，经常前面的万把字还没梳理上一遍，事就来了；下次坐到电脑前，又要重新来过，于是一次次温故却不能知新，家人都看不下去了：你这哪是写作，分明在复习迎考。

——那就稿纸，摊开来就写，一页六百字，再加两三页富余的以备写坏了撕掉，两千字的短文带五六张稿纸就足够了，极大提高了我出门在外和忙得只能见缝插针地写作的效率。

《王城如海》就是在一次次焦虑、无助、悲伤和恐惧平息之后，下一次焦虑、无助、悲伤和恐惧来临之前的间隙里，一页一页地写出来的。也因为携带方便，这部小说跟我走了很多地方，出门我把它折好放在一个专用的文件袋里，确保它平顺和整洁。但在印度，这小说差点流了产。一月份去新德里参加世界书展，从加尔各答飞德里，小说稿和与它有关的写作笔记，一个详细记录我的构思和点滴想法与部分细节的硬皮本，放在行李箱中托运，我人到了德里，行李箱丢了。看着空荡荡的行李传送带“咣当”一声停下，我的汗“唰”地就下来了。我极少重写，哪怕一篇短文，丢了就丢了；实在要重写，也得找到一条全新的路径，原样拷贝在我看来只是考验记忆力的体力活儿。还有那个硬皮笔记本，这小说构思了好几年，零散的想法都记在上面；你让我把笔记本合上，问里面都记了些啥，对不起，五分之一的内容我都想不起来，只有看到了，一个关键词我也能想起一大片的东西来。两样东西都丢不起，除非《王城如海》我不想要了。

与机场工作人员交涉。找不到。那也得继续找。别人的行李都在，我的就没理由一点蛛丝马迹都没有。还是找不到。务请继续找。迷路了也得让我知道迷到哪条路上了。那天晚上工作人员快给我烦死了，从十一点一直忙到凌晨一点，来了消息：找到了。至今我也没搞清在哪里找到的，分拣行李时出了什么岔子，顾不上了，千恩万谢了一番，想的就是赶紧打开箱子，把小说稿和笔记本装进随身携带的双肩包里。走哪儿带哪儿心里才踏实。

我把《王城如海》的失而复得看作一个预言，在异国他乡都没丢掉，回到国内，在我手上更不能让它丢了：决不半途而废。疾病和坏消息席卷的几个月里，我的确多次感觉没力气把它写完了，甚至只剩下最后不足一万字时，我都动过撂挑子的念头；这些时候我就回想德里机场的那一夜，我执着地耗在行李传送带边，跟工作人员理论，旁边是一群宽慰和支持我的师友，他们陪着我直到柳暗花明。在印度它没丢，说明它不想丢，不该丢。我深呼吸，喝浓茶，铺纸握笔，继续写下去。

这是我几个长篇小说中最短的一个，篇幅符合我的预期，我没想把它写长。尤其在四十余万字的《耶路撒冷》之后，我想用一个短小的长篇缓冲一下，喘口气；也想换一种写法，看看自己对十来万字的长篇小说的把控能力。《耶路撒冷》用的是加法，这个小说我想尝试做减法；《耶路撒冷》是放，这小说要收；《耶路撒冷》是悠远的长调，《王城如海》当是急管繁弦的断章。两者相近处：

一是结构要尽量有匠心，形式上要有层次感；二是小说中处理的绝对时间，都没有超过一周。

小说写完了，除去一直都在进行的边边角角的细部修改，主体工程大约就是现在这个样子了。写作过程中，觉得就小说有满肚子话要说，写完了，放一放，那些话竟然给放没了。也好,表明都过去了。过去的就让它过去。

2016/7/10，知春里 1804

图书在版编目（CIP）数据

王城如海/徐则臣著. —北京：人民文学出版社，2017
ISBN 978-7-02-012224-0

Ⅰ.①王… Ⅱ.①徐… Ⅲ.①长篇小说—中国—当代 Ⅳ.①I247.5

中国版本图书馆 CIP 数据核字(2016)第 288423 号

责任编辑　付如初
装帧设计　陶　雷
责任印制　苏文强

出版发行　人民文学出版社
社　　址　北京市朝内大街 166 号
邮政编码　100705
网　　址　http://www.rw-cn.com

印　　刷　三河市西华印务有限公司
经　　销　全国新华书店等

字　　数　127 千字
开　　本　787 毫米×1092 毫米　1/32
印　　张　8.625　插页 6
印　　数　1—30000
版　　次　2017 年 1 月北京第 1 版
印　　次　2017 年 1 月第 1 次印刷

书　　号　978-7-02-012224-0
定　　价　36.00 元